Jennyfer, une femme amoureuse

Eva Ly

Roman

1

Jennyfer était une artiste. Depuis deux années, elle était devenue une peintre renommée et réputée dans le milieu artistique. Elle avait arrêté son métier d'enseignante pour se consacrer à sa nouvelle vie. Lors d'un vernissage, elle fut interviewée par Steve, un journaliste du magazine *Art et Photo*. Son style, jean troué, basket Gucci surprenait. Il avait quelques années de moins que Jennyfer.

—Votre réussite fut instantanée, à quel âge avez-vous commencé à peindre ?

— J'ai commencé dès mon plus jeune âge. Par la suite, j'ai réalisé des études d'arts à l'université. La peinture est une passion pour moi, je n'aurais jamais pensé pouvoir en vivre.

— Vos tableaux représentent souvent un homme grand, brun. Est-ce une personne importante pour vous dans votre vie ou est-il simplement le fruit de votre imagination ?

Elle sursauta à cette demande. Elle ne s'était pas imaginée un seul instant que l'on puisse lui poser cette question. C'était aussi sa première interview en tant qu'artiste. Elle n'avait pas anticipé ce type de question et que cela déboucherait sur un sujet si personnel et intime. Elle se sentit tout de suite mal à l'aise. Elle désirait esquiver sa demande, mais il la scrutait intensément. Il attendait avec impatience sa réponse. Elle réfléchit un instant.

— Oui. C'est mon mari ! affirma-t-elle sur un ton détaché.

Elle fut surprise de sa réponse. Elle était troublée par ce journaliste. Deux années de célibat lui avaient permis de retrouver sa liberté intérieure. Pour rien au monde elle n'aspirait à revivre une histoire comme avec Eddie. Une histoire toxique ; un homme jaloux l'empêchant de vivre par elle-même ; un amour écrasant et sans avenir. Cependant sa solitude lui pesait. Certes elle était comblée par Justin, son fils, mais se sentir aimée et choyée par un homme lui manquait. Depuis qu'elle était devenue mère, elle ne souhaitait pas n'importe quel homme. Il devait l'aimer, mais aussi affectionner et accepter son fils dans sa vie. Ils étaient deux dorénavant.

Elle se reprit. Ce n'était pas dans sa nature de mentir.

— Mon ex-mari ! déclara-t-elle, comme si elle voulait se justifier.

Elle repensa à Adam. Ses pensées vagabondaient vers cet homme. Il était toujours dans son cœur. La culpabilité de sa mort la hantait au plus profond de son être.

— Vous devez bien vous entendre pour qu'il se laisse peindre. Par ailleurs, à la vue de vos différents tableaux où il est représenté, on se rend compte que vous êtes très complices. Que pense-t-il de vos œuvres ? Il doit être très fier.

Elle croisa et décroisa les jambes. Ses dents se serraient. Reparler d'une partie de son passé funeste n'était pas prévu dans cette discussion professionnelle. Elle voulait fuir cet endroit et interrompre cette conversation si dérangeante. Mais elle se surprit à répondre.

— Il est décédé, corrigea-t-elle sur un ton neutre.

Elle se sentit faiblir. Elle entendit s'accélérer les battements de son cœur tant cette situation l'oppressait. Néanmoins, elle sortit tout doucement de l'abîme.

— Je suis désolé pour vous.

Le journaliste était contrarié. Son assistante n'avait pas mentionné ce détail si marquant dans la biographie de l'artiste. Il se trouvait ridicule. Ce manque de professionnalisme l'irritait. Il s'en voulait... Il aurait dû être plus méticuleux. Il se reprit. Elle le regarda avec étonnement. C'était la première fois qu'elle rencontrait ce genre d'homme ; cheveux bruns décoiffés, jean troué, lunettes intellectuelles noires et carrées. Son look était déroutant, mais lui allait à merveille. Il la troublait.

Sa confiance en elle rayonnait à travers son allure, sa posture. Dorénavant, elle se sentait bien dans sa peau. Elle imaginait dans ses rêves les plus insensés reprendre une vie de couple. Elle se berçait d'illusions. Elle devinait qu'au fond d'elle-même, le suicide d'Adam avait détruit une partie de son âme et de son cœur. Prendre la décision de rompre avec Eddie avait été une bénédiction. Une des meilleures décisions qu'elle ait prise de toute sa vie. Poursuivre sa relation avait été une perte de temps aussi bien pour elle que pour lui. Pourtant leurs nuits d'amour torrides et sensuelles dépassaient toutes leurs espérances. Mais c'était simplement une relation charnelle, de peau, sans lendemain. Sans avenir aussi bien pour elle que pour lui.

Le look de jeune branché de Steven contrastait avec le look romantique de Jennyfer.

— Quelle sera la prochaine galerie où vos tableaux seront exposés ?
— Agora Gallery à New York[1]... répondit-elle sur un ton de fausse modestie, mais sans prétention.

---

[1] *Agora Gallery est une galerie d'arts contemporains dédiée à la promotion d'artistes nationaux et internationaux. Elle met en relation les artistes avec*

— Je vous remercie Jennyfer de cet entretien. Vous êtes une artiste talentueuse. Je serais intéressé de réaliser l'article pour votre vernissage à New York.

Il attendit une réponse enthousiaste, mais elle le dévisageait comme s'il lui avait demandé la lune.
Il la fixa si longuement que Jennyfer finit par frissonner.

— Bien sûr, répondit-elle sans grande conviction.

Il lui tendit sa carte de journaliste artistique free-lance. Leurs mains s'effleurèrent. Une décharge électrique les parcourut. Jennyfer se recula aussitôt. Surpris par ce geste d'autodéfense, Steven hésita à lui demander son numéro de téléphone. Il sentait une fébrilité et une méfiance envers les hommes. Il était charmé par la sensualité et la douceur de cette femme.

---

des professionnels, des collectionneurs d'art et d'autres artistes pour créer une famille grandissante consacrée au monde de l'art.

Jennyfer était intriguée par son attirance envers cet homme. Elle se demandait si les deux années passées seule sans amour la rendaient vulnérable. Elle avait l'impression d'avancer à contre-courant dans ses relations amoureuses aussi chaotiques les unes que les autres.

Steven sortit étonné de sa rencontre avec l'artiste. Il héla un taxi. Durant le trajet, ses pensées le ramenèrent vers elle. Jennyfer lui avait fait forte impression. Elle ne se prenait pas pour une star. C'était une femme simple, sans chichis. Naturelle, fraîche et sensuelle. Talentueuse, son art dépasserait les frontières des États-Unis. Elle exposerait en Europe, c'était une certitude, c'était une peintre douée. Elle possédait un don qu'elle exploitait à merveille. C'était leur première rencontre. Il était en admiration.

La trentaine, il avait la vie devant lui. Il en avait interviewé des peintres, des photographes, beaucoup de femmes, mais il n'était jamais tombé sous leurs charmes. Sauf cette femme rousse. Il n'avait jamais ressenti cet émoi. À l'exception de...

Son portable vibra dans la poche de son jean. Il l'éteignit aussitôt. Ses pensées tourbillonnaient dans sa tête. Il espérait que Jennyfer le rappelle...

Justin dormait à poings fermés quand Jennyfer rentra. La baby-sitter l'avait bercé pour calmer l'absence de sa mère. Elle le regarda dormir avec amour et tendresse. Elle avait renoncé à être mère, quand on lui avait annoncé sa stérilité. Elle en avait voulu à la Terre entière. Elle n'avait plus été que l'ombre d'elle-même. À cette époque, elle était mariée à Adam, si peu concerné par cette nouvelle. Elle lui avait reproché son insensibilité et de son manque de compassion et d'empathie. Leur entente conjugale était devenue si douloureuse pour l'un et l'autre qu'Adam avait demandé le divorce sans même la consulter.

Leur divorce les avait blessés l'un et l'autre, les meurtrissant dans leur âme et dans leur cœur. Adam avait rencontré une autre femme et était devenu père malgré lui. Cet enfant, il ne l'aimait pas. Sa vie avait dérapé, une nuit. Son accident de la route lui avait coûté la vie. Ana, la mère de Justin, toxicomane, était décédée par la suite d'une overdose. Jennyfer était devenue sa tutrice légale et elle avait pu adopter le fils d'Adam. Cette décision avait marqué le début des disputes et de l'agressivité d'Eddie. Il lui reprochait de passer plus de temps avec Justin qu'avec lui. Il était jaloux d'un enfant, cela devenait ridicule aux yeux de Jennyfer. Justin passait avant tout et surtout avant Eddie qu'elle trouvait puéril et égoïste. Son succès comme peintre avait dépassé ses espérances, elle était au comble du bonheur. Tout lui réussissait : sa carrière, sa vie de mère, de femme accomplie, mais sa vie amoureuse était une hécatombe.

- Un divorce houleux avec Adam,

- Son décès qui l'avait bouleversée. Elle l'avait toujours aimé et s'en voulait de son suicide. Elle se sentait coupable,
- Eddie, un homme qu'elle avait aimé, mais qui n'avait accepté, ni Justin ni sa carrière artistique. Il voulait une femme, une épouse à la maison.

Elle était lasse des hommes qui dirigeaient sa vie.

Assis à l'aéroport en attendant son avion, Steven peaufinait son article. De nombreuses femmes le dévisageaient ; son apparence cool et son côté beau gosse lui donnaient une allure de jeune branché. Il était charismatique et il le savait, mais n'en abusait pas plus que ça. Il se concentrait. Il voulait rendre hommage à cette femme, à son talent d'artiste. Elle savait mélanger les couleurs et donnait à ses œuvres une dimension humaine et irréaliste. Elle était douée. Il relit son entrevue, il aspirait à la mettre en valeur, plus l'artiste que la femme. Son potentiel dépasserait les États-Unis.

Son ordinateur sur ses genoux, il était absorbé par son texte. Et surtout obnubilé par cette femme, comme une attirance... si imprévisible et insensée.

Le vol fut relaxant. Pas de tempêtes à l'horizon, la météo était calme. Il somnolait. Des souvenirs revenaient malgré lui : le ranch, son premier amour... et Jennyfer.

L'été serait chaud à New York.

Son atterrissage le ramena à la réalité. Son téléphone portable vibra.

— Quand viens-tu nous voir ? Tu nous manques tant, s'exclama sa mère.
— Bientôt. Promis, maman, répondit-il avec douceur.

Il adorait sa mère. Il doutait qu'il manque à son père. Leurs conflits latents dataient de son adolescence. Son goût pour l'art dérangeait son père. Il voulait un fils qui prenne la suite du ranch.

Sa déception avait été grande quand il avait commencé des études artistiques. Sa mère le défendait toujours. Cela horripilait son père.

— Cet été, tu as des vacances n'est-ce pas ? le questionna-t-elle.
— Promis, je viendrais, répéta-t-il. Tu sais bien, je viens tous les étés au ranch.
— Certes, mais tu ne restes que trois semaines, et le reste de l'année, tu demeures à New York...

Il lui demandait de venir, mais elle n'avait jamais voyagé. Elle avait à cœur de faire le déplacement avec son mari, mais elle n'avait même pas essayé de lui proposer. Steven lui manquait tant malgré leurs appels téléphoniques. Il avait grandi trop vite pour elle. Par chance, sa fille était revenue vivre avec elle avec ses trois enfants. Son mari l'avait trompée avec une femme de vingt ans plus jeune. Heureusement, Steven était présent à cette période. Il l'avait épaulée comme il pouvait. Par-dessus tout, il s'occupait bien de ses neveux. Sa mère avait espéré que sa fille retombe amoureuse, mais sa déception envers son mari l'avait rendue amère et méfiante envers les hommes. Pourtant elle avait fait tout son possible pour qu'elle rencontre l'amour. Néanmoins sa fille s'obstinait à rester seule et à s'occuper de ses trois enfants.

Steven pouvait bien faire plaisir à sa mère. Elle l'avait tant soutenu dans sa carrière, son choix de vie. Retourner au Texas était douloureux. Son père, le ranch et son premier grand amour qui avait viré au fiasco. Était-il trop jeune ? Trop naïf ? Il s'en voulait d'avoir tout gâché. En aucun cas, il ne revivrait pas là-bas. Sa vie était ici, à New York. La vie tourbillonnante, les théâtres, les concerts, les soirées. C'était ceci sa vie. Pour rien au monde on l'obligerait à retourner au Texas. Hors de question.

Jennyfer prépara avec soin ses valises et celles de Justin. Elle n'avait jamais mis les pieds à New York. Trois semaines d'exposition pour présenter ses tableaux. Le directeur de la galerie du Maine l'avait recommandée. Elle avait son propre agent artistique, Paul. Leur entente avait été cordiale dès le début. Par ironie du sort, Adam lui avait déniché un superbe appartement. Quand il avait appris sa mort, Paul s'était présenté chez Jennyfer pour lui faire part de ses condoléances. Quand il était entré dans sa maison, il avait été surpris par les peintures dans le salon et le couloir. Il lui avait demandé où elle avait acheté ces splendides toiles. Quand elle lui avait annoncé que c'était elle-même qui les peignait, il en était resté bouche bée. Il avait enfin trouvé la perle rare.

Paul avait tout prévu ; location de la chambre, visite de New York, ainsi que différents cocktails pour la présenter. Elle ferait sensation. Il n'en doutait pas.

Jennyfer songeait à Adam, lui qui la poussait à peindre et à parcourir le monde ! Il croyait en elle, plus qu'elle. Elle éprouvait une infime tristesse quand elle repensait à lui, à leur lune de miel, leur passion ardente.

Quand elle arriva à New York, elle fut surprise par l'agitation, la frénésie des habitants de cette ville, les différents théâtres, Broadway. Elle se sentit seule, effarée et perdue. Paul l'accueillit à bras ouverts.

Une artiste, une peintre qui ne se plaignait jamais. Être agent était un métier certes passionnant, mais il fallait gérer les humeurs, les montagnes russes de ces peintres, soit en manque d'inspiration, soit trop axés sur eux-mêmes, des narcissiques à n'en plus finir, certains lui posant même des lapins. Ils ne participaient pas au vernissage, prétextant que vendre leurs tableaux était une insulte à leur œuvre. Jennyfer, elle, comme une bonne élève, participait et ne réclamait pas trente bouteilles de champagne et un chauffeur de taxi. Elle était simple, égale à elle-même. Il lui offrit un magnifique bouquet de roses rouges.

— Tu es magnifique, ma chère. Toujours aussi élégante et sobre à la fois.
— Merci pour les roses, elles sont superbes.

Il avait réservé une chambre avec vue sur Central Park. Il avait aussi pensé à Justin. Ils pourraient se balader, prendre l'air.

— Tu le mérites Jennyfer. Trop mignon ton bout de chou, dit-il en dévisageant Justin d'un air attendri.

Il jugeait la ressemblance entre Justin et Adam saisissante. Ils dînèrent dans un restaurant italien. Paul avait des origines calabraises. Lucas était présent aussi. C'était le mari de Paul. Justin était à côté de sa maman.

— Tu es prête pour demain, demanda-t-il sur un ton inquiet.
— Oui, j'appréhende un peu, les photographes, les journalistes...

À cet instant, l'image de Steven lui traversa l'esprit. Il l'avait troublée plus qu'elle ne le pensait.

— Tout va bien se passer, sois naturelle, sois toi-même et tout ira pour le mieux.

Elle en était moins sûre. Sa première interview avec ce journaliste avait été un désastre. Un frisson parcourut son corps quand elle repensa à lui. Il lui avait laissé sa carte de visite pour réaliser un article de presse sur son vernissage à New York. Pourquoi ne se désintéressaitelle pas de cet homme ? Quelle imbécile, elle était ? Il devait déjà l'avoir oubliée.

— Tu es dans tes rêves Jennyfer, remarqua Paul sur un ton anxieux.
— Excuse-moi, je pensais à la tenue que je devais mettre demain ; une tenue simple chic décontractée.
— C'est parfait, ma chère Jennyfer.

Elle était perdue dans ses pensées. Elle n'en revenait toujours pas d'être à New York. Même dans ses rêves les plus fous, elle n'avait jamais imaginé un seul instant être dans un restaurant à New York et exposer ses œuvres, ses peintures.

La soirée se termina dans une ambiance chaleureuse et aimante. Paul et Lucas raccompagnèrent Jennyfer et Justin à leur chambre d'hôtel. Ils lui promirent de lui faire visiter la ville.

Le matin, elle se leva tôt. Sa vie était rythmée par l'éducation de son fils et sa carrière d'artiste. Il n'y avait pas de place pour un homme pour l'instant dans sa vie de mère ; elle avait préféré couper court à la relation avec Eddie. Sa jalousie reprenait le dessus. Son caractère possessif et virulent la mettait dans un sale état dès qu'elle le voyait ou qu'il lui téléphonait. Elle joua avec Justin dans la chambre. Elle appréhendait l'après-midi et la rencontre de personnes inconnues, de nouveaux clients, des photographes et des journalistes. Elle aspirait à donner bonne impression. Il était hors de question de venir sans son fils. Elle étudia avec minutie les parcours artistiques du directeur de la galerie d'art.

La galerie était située derrière Broadway, sa grandeur impressionna Jennyfer. Ses poutres blanches et ses baies vitrées réchauffaient et illuminaient la pièce. Elle se promena avec Justin dans les couloirs, différents artistes exposaient aussi leurs œuvres. Elle se sentait un peu à part. Ils possédaient tous un style particulier, leur originalité reflétait leur peinture, leur art, tous aussi talentueux les uns et les autres.

Justin courait dans tous les sens, heureux. Paul lui téléphona pour s'assurer de sa présence et qu'elle serait bien à l'heure. Il en voyait tellement de ses protégés arriver quatre heures après l'inauguration du vernissage ; ou être complètement enivré ou drogué ; ou ne pas venir du tout tellement ils se prenaient déjà pour une star, pour Picasso ou Monet.

— N'oublie pas d'arriver un peu en avance pour les préparatifs afin que je puisse te présenter aux différents membres de l'équipe de la galerie.
— Je suis déjà arrivée. Je suis avec Justin en train d'admirer les différentes peintures et sculptures. Je te rejoins.

Paul n'en revenait pas, c'était la première fois qu'un de ses protégés arrivait non pas à l'heure, mais en avance.

— Ouah je suis impressionné.

Paul admirait Jennyfer. Il la trouvait belle, d'une beauté naturelle, sans sophistication, ni maquillage grossier. Elle ne lui téléphonait pas à quatre heures ou une heure du matin complètement ivre pour partager ses déboires ou se pencher sur les critiques des journaux la qualifiant d'artiste débutante ou manquant d'originalité. Elle se souciait peu des critiques des autres. Par ailleurs, elle n'avait jamais pensé que sa carrière dépasserait son État du Maine. Paul la chérissait.

— Quelle beauté, s'exclama-t-il, dès qu'il l'aperçut en s'avançant vers elle.
— Tu es pas mal non plus, lui retourna-t-elle le compliment en souriant.

Il était habillé sobrement, un costard anthracite, et sa moustache grise lui donnait l'air d'un gentleman des années trente. Elle était rassurée avec lui, consciente qu'il ne la draguerait pas. C'était un soulagement pour elle. Il n'y avait pas de faux-semblant. Il l'accompagna à la salle, le directeur et l'assistante de la galerie étaient présents. Ils la saluèrent chaleureusement.

— Votre talent dépassera nos frontières.
— Merci…

Elle en doutait, déjà exposer à New York était un véritable exploit pour elle. L'Europe, c'était un rêve qu'elle caressait dans ses désirs les plus fous. Mais elle tergiversait de temps à autre. Si Adam était là, il lui dirait de foncer, de ne pas douter. Elle ne s'attendait pas à tant de visiteurs et de critiques aussi élogieuses, même si d'autres n'aimaient pas. Elle s'attardait plus sur les critiques négatives que positives. Elle en parlait souvent à Paul qui la rassurait comme il pouvait. Son optimisme et sa confiance en elle déteignaient de plus en plus sur son caractère. Elle se réjouissait des progrès qu'elle réalisait jour après jour.

2

Steven avait vu les annonces dans la presse, les affiches dans le métro. Elle ne l'avait pas appelé. Il avait vraiment dû lui faire mauvaise impression. Peut-être avait-il été trop indiscret ? Trop jeune pour elle ? Il songeait toujours à elle. Comme une alchimie entre eux s'était réveillée. Il devait cesser de penser à elle. Cela ne rimait à rien pour lui. Il en avait eu des aventures. Sa dernière histoire était une femme mariée. Il ne savait pas. C'est quand son mari avait débarqué à une soirée au Bar Orange[2] et que le poing de cet homme avait rencontré son oreille qu'il l'avait compris. Il avait été la risée de la soirée. Elle l'avait induit en erreur et lui avait menti, surtout à son époux. Il n'avait jamais de relations avec des femmes mariées. C'était son principe.

Luna n'avait pas cessé de le rappeler, car elle l'aimait. Certes elle avait omis ce détail : son mariage. Il lui avait répliqué que pour lui cette bagatelle faisait toute la différence. Il lui avait raccroché au nez. Malgré ses rappels insistants, il avait tiré un trait sur cette relation.

L'amour, il l'avait connu, durant son adolescence à Dallas, une histoire impossible. Ils s'aimaient tant, trop de disputes, de jalousie, une chanteuse de country, trop

---

[2] Orange Bar est un bar existant à New York

de rancœur entre eux. Elle l'avait trahi. Depuis il n'était plus tombé amoureux. Il avait des aventures.

Chaque été, il retournait à Dallas pour faire plaisir à sa mère. Il appréhendait de revoir son premier grand amour dans les rues. Il ne sortait pas et restait au ranch. Il haïssait tout ce que représentait le domaine à ses yeux ; son père propriétaire. Son comportement dur, autoritaire et blessant contrastait avec celui de sa mère doux et aimant. Elle était charmante et souriante.

Il ne comprenait toujours pas ce couple, son père et sa mère, aux antipodes l'un et de l'autre, se mariant, ayant des enfants. Et sa mère prenant toujours la défense de son mari.

Steven était déçu. Elle n'avait pas rappelé. Mais c'était peut-être mieux comme ça.

Paul était ravi. Jennyfer avait fait une superbe impression auprès du directeur et des différents clients. Il avait une grande nouvelle à lui annoncer. Il trépignait d'impatience.

Il attendit qu'ils soient attablés au restaurant pour lui faire la surprise.

— Tu vas exposer à Miami et à Dallas, jubila-t-il.

Incrédule, elle le regarda avec des yeux ronds, incrédule.

— Tu en es sûr ?
— Plus que sûr, lui certifia-t-il sur un ton triomphant. Le directeur dirige plusieurs galeries d'art, il veut que ce soit toi l'artiste principale. Alors, prête à voyager ?

Elle se leva et l'embrassa sur la joue. Cette spontanéité le réconforta.

Pour fêter l'occasion, Paul l'invita à un cocktail. Lucas garda Justin. Il était ravi.

Lucas et Paul faisaient tout pour adopter un enfant…

Ils sillonnèrent les rues de New York à la recherche d'une robe de soirée. Elle en profita surtout pour flâner dans les magasins de vêtements pour enfants. Elle acheta toute une garde-robe pour Justin pour au moins deux ans.

Paul rit, et la taquina un peu.

Steven adorait les soirées, les cocktails d'artistes. Cela lui permettait d'être toujours en avance sur les autres journalistes free-lance, d'aller en avant-première aux différents vernissages, défilés, expos de photos. Son professionnalisme était réputé dans le monde entier. Il avait arpenté différents pays et visité de nombreuses villes ; Bilbao, Milan, Londres, Saint-Pétersbourg. Sa passion pour l'art n'était plus à démontrer ni son flair pour débusquer les nouveaux talents et les mettre à la une dans son magazine de mode. Il se préparait toujours avec son style bien à lui, jean troué, baskets Chanel, chemise blanche courte pour montrer son tatouage de cow-boy, perfecto, cheveux en pétard, lunettes carrées noires, boucle d'oreille.

Son père maudissait son look, son style. Des disputes éclataient entre eux quand il était plus jeune. Maintenant son père ne disait plus rien, car ils se parlaient peu ou pas. Ils n'avaient jamais conversé à propos de son école de beaux-arts, ni de son style, ni de sa boucle d'oreille, ni de son tatouage.

Le ranch lui sortait par les yeux. Pourtant il adorait les chevaux ; les monter, les brosser, donner des cours aux élèves. Mais son père le remettait à chaque fois à sa place, critiquait sa manière de faire. Rien n'allait dès que c'était lui qui prenait l'initiative. Par contre, avec Alyssa, il était aux anges, sa sœur était une fille parfaite.

Steven l'enviait et l'adorait. Elle aussi le protégeait et le défendait. Le ranch était à des années-lumière de la vie agitée de New York. La ville frémissait de joie, de lumières. Il tourbillonnait de spectacles en théâtres, de comédies musicales en défilés de mode, et connaissait tous les bars branchés. Pour rien au monde, il ne retournait vivre là-bas.

Jennyfer discutait avec plusieurs amis de Paul. Elle rayonnait de beauté, de lumière. Rien ne pouvait lui arriver. Tout était limpide. Peut-être un peu trop ? Elle avait l'habitude de se méfier des événements heureux de la vie ; elle avait peur que des orages viennent percer ces joies simples et évidentes dans sa vie d'artiste et de mère. Elle était inquiète et n'arrêtait pas d'envoyer des SMS à Lucas pour demander si Justin allait bien. À chaque fois, il la rassurait. Justin dormait à poings fermés.

Steven la vit au loin. Il ne s'était pas imaginé qu'il la reverrait. Il était troublé. Elle discutait avec Paul, un agent artistique et un de ses amis. Il ne savait pas qu'ils se connaissaient tous les deux. Paul le vit arriver et alla le rejoindre.

— Steven, mon ami, je vais te présenter ma protégée...

Ils restèrent un instant à se regarder, sans se parler ; le choc de se revoir. Il était déconcerté. Ce n'était pas son genre. Il était toujours décontracté et cool avec les femmes qu'il rencontrait.

Elle se trouvait bête, stupide, et surtout des papillons dans son ventre tourbillonnaient. Elle entendait s'accélérer les battements de son cœur.

— Nous nous sommes déjà croisés, dit-il sur un ton détaché.

Il la regardait avec insistance, droit dans les yeux. Il ressentait comme une attirance pour elle. Peut-être, elle aussi le désirait-elle ? Il ne pouvait s'empêcher de lui trouver un charme fou.

— Oui... Steven m'a interviewée.

Elle se sentit faiblir.

Elle se souvenait de son prénom. Il était enchanté et heureux. Il y avait peut-être un peu d'espoir. En définitive, rien n'était perdu. Quand ils se serrèrent la main, un courant électrique parcourut leurs corps. Paul aussi ressentit une tension. Il eut la délicatesse de s'éclipser pour les laisser tranquilles. Jennyfer, surprise, ressentit un léger malaise. Elle avait chaud. Leurs regards pénétrants donnaient une atmosphère électrique, chaude, et sensuelle. Le téléphone portable de Jennyfer vibra.

— Justin n'arrête pas de hurler, il a les joues rouges, l'avisa Lucas avec une profonde angoisse.
— J'arrive immédiatement, dit-elle en tremblant.

Elle était devenue très pâle.

— Quelque chose ne va pas ? lui demanda Steven inquiet, sans hésiter.

Elle était en proie à une profonde agitation intérieure. Elle regrettait d'être venue à cette soirée.

— C'est mon fils. Il est malade. Je dois aller le chercher.
— En pleine nuit ? Seule...
— C'est juste à dix minutes à pied...

— Je vous accompagne... rétorqua-t-il sur un ton autoritaire.

Elle n'eut pas le temps de réfléchir. Paul discutait de vive voix avec différents amis derrière le bar. Elle ne voulait pas le déranger. Ils descendirent les escaliers en fer forgé, d'un pas précipité. L'air ambiant, étouffant, de l'été donnait à l'atmosphère un air marécageux. Cette canicule s'évanouirait en orage violent.

Ils marchaient l'un et l'autre d'un pas rapide. Jennyfer, inquiète, ne parlait pas. Le stress ondulait dans son corps. Steven respectait son silence. Il voulait être présent et protecteur, il avait là l'occasion inespérée d'être près d'elle, de humer son parfum.

En arrivant à l'appartement de Paul et de Lucas, ce dernier berçait Justin comme il le pouvait. Jennyfer le prit dans ses bras pour le calmer, mais rien n'arrêta ses cris.

— Je peux ? demanda Steven en tendant les bras, son regard l'enveloppant avec douceur.

Il aimait la dévisager. Démunie, elle lui tendit son fils. Il l'installa confortablement et lui mit un doigt dans la bouche. Justin commença à le suçoter et à s'apaiser.

— Lucas, je suppose que tu n'as pas d'antalgique en sirop pour enfant ? demanda Steven. Peux-tu aller en acheter ? Il doit bien y avoir une pharmacie de garde dans le coin. Justin fait une poussée dentaire... Cela arrive encore vers deux ans.

Jennyfer le regarda, étonnée. Elle était tellement troublée par Steven qu'elle en oubliait les bases élémentaires. Elle en avait pourtant connu des nuits blanches quand Justin avait six mois à cause de ses dents.

— Je vais changer sa couche. Je peux ? demanda Steven.

Il le changea avec adresse comme s'il avait fait ça toute sa vie. Elle le regardait d'un air amusé et médusé.

— J'ai une sœur. Elle a trois enfants. J'ai fait beaucoup de baby-sittings quand elle et son mari se sont séparés. Elle est revenue vivre au ranch de mes parents. Elle était dépressive. Avec trois garçons de six mois, dix-huit mois et trois ans, j'en ai donné des biberons. A toutes heures de la nuit. Je suis rôdé.

Lucas revint rapidement.

— Tiens. Le pharmacien m'a conseillé un gel homéopathique, dit-il en tendant le sachet en papier.

Steven mit l'huile de camomille sur les gencives de Justin et les massa doucement. Jennyfer le laissa faire.

C'était la première fois qu'elle voyait un homme s'occuper aussi bien d'un bébé. Eddie ne supportait pas Justin, ni ses pleurs, ni ses cris, ni le temps qu'elle passait auprès de son fils. Son égoïsme le rendait amer, irritable, désobligeant. Steven resta une heure à bercer Justin qui finit par s'endormir dans ses bras. Jennyfer prit Justin et le mit dans son lit de voyage. Ils restèrent tous les trois dans le salon de Paul et Lucas. Celui-ci était soulagé de l'apaisement de Justin.

— Demain, on va se promener à Central Park, cela va nous faire du bien. Veux-tu venir Steven ?

Lucas avait remarqué comme une alchimie entre eux. Il fallait simplement les aider, donner un coup de pouce au destin.

— Avec plaisir...

Jennyfer se sentait attirée par Steven. De plus en plus, maintenant qu'elle l'avait observé avec son fils. Peut-être qu'elle allait enfin rencontrer l'amour. Et un homme qui accepterait son fils et qui les aimerait ? Tous les deux. Elle en doutait tant.

Jennyfer passa une nuit agitée. Elle pensa à Steven et Adam et versa quelques larmes. Le réveil fut difficile. Mais elle se réjouissait de la promenade. Cela lui ferait le plus grand bien...

La balade fut conviviale, simple. Jennyfer poussait son fils dans sa poussette, Lucas et Steven discutaient à bâtons rompus d'une artiste. Leurs avis divergeaient.

— Elle est arriviste…
— Elle est douée. Elle réussira, dit Lucas.
— Je ne sais pas. Elle est trop narcissique...

Jennyfer n'écoutait leur conversation que d'une oreille. Elle aimait ce parc et cette atmosphère de nature mélangée à la ville. Elle n'avait pas beaucoup voyagé. Ses pensées convergeaient vers Adam ; leur coup de foudre, leur mariage, leur lune de miel ; tous leurs moments amoureux, heureux. Puis leur rupture et le divorce houleux. Elle s'en voulait toujours de ne pas avoir compris le côté sombre d'Adam. Elle avait tant de regrets. S'il me voyait ? Il lui manquait tant !

Le trio s'arrêta dans un bistrot français pour déjeuner.

— Vous allez adorer leur cuisine, l'ambiance, assura Steven sur un ton enjoué.

Il n'arrêtait pas de regarder Jennyfer dans les yeux, cela devenait gênant pour elle.

Il aimait ses cheveux roux naturels, ondulés, descendant à mi-taille, sa peau laiteuse, sa bouche. Il la désirait. Il voulait goûter ses lèvres roses. Il savait que ce ne serait pas une histoire d'un soir, d'une nuit. Son instinct pressentait une belle, harmonieuse et longue histoire avec Jennyfer. La séduire était une priorité pour lui. Il n'arrêtait pas de penser à elle.

— Demain, on pourrait aller au Muséum, Justin va s'amuser…
— Oui pourquoi pas, confirma Jennyfer sur un ton lointain.

Son spleen devait se lire sur son visage. Elle se ressaisit et se mit à sourire.

— Je ne peux pas, s'excusa Lucas. L'assistante sociale vient nous évaluer Paul et moi pour l'adoption, précisa-t-il sur un ton inquiet.

Steven ressentit son angoisse.

— Tout va bien se passer, soyez vous-mêmes. Je viens vous chercher vers treize heures, Justin et vous ? proposa-t-il en la regardant avec des yeux brillants.

Jennyfer ne voulait pas se retrouver seule avec lui. Trop de tentation, de désir ? C'était une folie de passer l'après-midi avec lui ? Mais Justin serait avec eux, rien ne pouvait lui arriver. Peut-être vivre le début d'une belle histoire d'amour. Elle rêvait trop. Elle avait peur de retomber dans le piège de l'amour et qu'il ne s'ouvre jamais. Mais Steven était différent, il était plus jeune. Peut-être qu'il souhaitait simplement une aventure avec elle ou peut-être se faisait-elle des idées ? Peut-être la considérait-il simplement comme une amie ?

Jennyfer appréhendait ses sentiments si contradictoires. Son ambivalence exaspérait Eddie. Adam s'en fichait. Les regrets empêchent souvent les gens d'avancer et les font tourner en rond. Et d'un coup le voile retomba. Elle se sentit désespérée. L'amour n'était pas pour elle.

*****

Elle l'attendait. Son verre de whisky à la main, elle trépignait d'impatience.

Les bars de Dallas, elles les connaissaient tous. L'ambiance country était son univers. Son addiction se lisait sur son visage comme dans un livre ouvert ; des cernes, des joues rouges, un teint blanchâtre. Et un air frustré par la vie et par les hommes.

Elle avait l'habitude. Elle arrivait à chaque fois en retard. C'était toujours le même cirque. Elle se pointa enfin, tout essoufflée.

— Trop d'embouteillages, annonça Liz

— Pars en avance. Ça fait plus de vingt minutes que je t'attends, rétorqua Norma.

Elle lui tendit une enveloppe.

— Merci, dit Norma en sifflant son verre.
— Je m'inquiète pour toi.
— Tu ne devrais pas et c'est avant qu'il fallait t'inquiéter.

La rancœur de Norma envers sa sœur était exacerbée et durait depuis trop longtemps pour Liz.

— Tu ressasses toujours le passé, s'indigna Liz
— C'est moi qui devrais être à ta place.
— C'est plus compliqué... Le producteur voulait une chanteuse country et non deux.
— Foutaise...

Norma laissa planer un silence hostile avant de reprendre.

— J'ai vu la sœur de Steven, il vient cet été, comme tous les ans.

Liz tenta de masquer ses émotions à cette annonce.

— Tu sais, je pourrais lui dire la vérité.
— Si tu fais ça, je te coupe les vivres, rétorqua Liz sur un ton agressif.
— Je blaguais, si on ne peut plus rire maintenant.
— Il ne doit jamais savoir, l'avertit Liz en la fixant droit dans les yeux.

Norma savait que Liz ne plaisantait pas. Elle avait besoin de son argent pour vivre et surtout pour payer ses tournées dans les bars. Mais elle désirait tellement que Liz puisse souffrir comme elle. C'est elle qui devrait parcourir les États des USA, faire les concerts et chanter. Sa sœur adorée était devenue sa pire ennemie. Elle l'enviait à en mourir.

*****

Jennyfer s'était habillée sobrement. Steven arriva à l'heure. Sur le chemin du Muséum, alors qu'elle tenait la poussette, il n'arrêta pas de jouer avec son fils. Quand ils arrivèrent, le Muséum était plein à craquer. Steven installa Justin sur ses épaules. Ils se baladèrent dans les allées. Par moments, Steven frôlait le bras ou la main de Jennyfer. Elle frissonnait et s'écartait d'un pas délicat. Justin la dévisageait avec ses yeux pénétrants. Jennyfer se sentait gênée et fébrile. Steven voyait sa gêne. Il ne voulait pas la brusquer. Surtout pas elle. Justin n'arrêtait pas de lui chatouiller la nuque. Steven éclata de rire. Jennyfer se sentait bien. Elle ne voulait pas tout gâcher avec une histoire d'amour qui ne durerait pas ou peu. Elle ne se sentait pas prête. Elle ne voulait pas revivre un chagrin ou des disputes éclatant pour un rien ou à cause de Justin. Mais Steven jouait avec son fils. Il avait compris que s'il sortait avec elle, il prenait aussi Justin.

Le midi, ils déjeunèrent dans un restaurant. Jennyfer commença à lâcher prise.

— Merci pour cette sortie.
— De rien, on peut se tutoyer.
— Oui...

Steven n'arrêtait pas de la dévorer des yeux. Il voulait cette femme. Ces yeux d'homme la fixaient intensément, l'aspiraient tout entière.

— Demain soir, je te fais visiter quelques coins de Manhattan, Lucas peut garder Justin.

Elle le regarda. Elle savait très bien qu'une soirée à deux serait dangereuse.

— Oui. Avec plaisir.

Justin gazouilla et dérangea cette alchimie. Steven se mit à rire et à jouer avec lui.

Jennyfer tournait dans tous les sens dans le salon de Lucas et Paul.

— Ne t'inquiète pas, Justin est bien avec nous.
— Ce n'est pas vraiment cela qui m'inquiète.

Paul la regarda, médusé. Ils la trouvaient resplendissante. Ils avaient sillonné les boutiques chics de Manhattan à la recherche d'une jolie robe. Elle en avait acheté une rose parme, à manches courtes, qui faisait ressortir joliment et sans vulgarité sa poitrine. C'était une robe créée par une styliste française, Yasmina. Elle avait déjà vu ce prénom quelque part.

Steven arriva à l'heure et engagea la conversation avec Paul et Lucas. Dès qu'il l'aperçut, Steven s'arrêta de parler. Sa beauté dépassait ses espérances. Il embrassa Justin, puis ils s'éclipsèrent. Ils se promenèrent dans les rues agitées. La canicule se transforma en orage et en pluie. Steven l'invita à prendre un verre dans un bar huppé. Ils prirent un cocktail new-yorkais. Elle n'était pas très à l'aise, mais avec Steven, tout devenait simple. Il lui posa différentes questions sur son métier de peintre, il adorait ce qu'elle faisait. Elle en était flattée. Son look original la charmait.

Quand ils sortirent du bar, Steven lui prit la main. Un frisson parcourut tout son corps, elle se laissa faire. Il fut enchanté. La pluie battait le bitume, des gouttes d'eau ruisselaient sur les joues des futurs amoureux. Steven s'arrêta net. Il la regarda dans les yeux et l'attira contre lui. Elle ne résista pas. Son cœur tambourinait fort contre celui de Steven. Il mit sa main sur le menton de sa dulcinée et l'embrassa sous cette pluie magique. Elle s'abandonna, répondant à son baiser avec une passion ardente. Le cœur de Jennyfer bondissait d'allégresse.

— J'attendais ça depuis que je t'ai rencontrée dans le Maine.

Jennyfer, incrédule, ne pensait pas que lui aussi éprouvait cette attirance.

— Moi aussi Steven.

Il la regarda avec tendresse.
Puis, il la raccompagna chez Lucas et Paul comme un gentleman. En rentrant chez lui, il s'aperçut que sa mère avait laissé plusieurs messages sur son répondeur fixe et sur son téléphone portable. Il ne l'avait volontairement pas pris pour profiter de cette soirée avec Jennyfer. Il était une heure du matin. Il la rappellerait demain.

3

« Son cancer est incurable ». Lorsqu'elle avait entendu cette phrase, il lui avait été impossible de se concentrer davantage sur les paroles du médecin.

— Chérie, tu ne peux pas garder le silence. Les enfants ont le droit de savoir. Si tu ne leur dis pas, je vais le faire.

— Laisse-moi le temps

— Du temps, tu n'en as pas. J'ai parlé au médecin.

— Que t'a-t-il dit ? demanda-t-il sur la défensive.

— La vérité. J'aurais préféré l'apprendre de ta bouche. Imagine le choc que ça a été.

— Il n'avait pas le droit de t'en parler

— Il n'a pas eu le choix. Il m'a appris que tu refusais de prendre ton nouveau traitement. Est-ce que tu penses à moi ? Aux enfants ? Au ranch ?

— Bien sûr que j'y pense. J'aimerais revenir en arrière, rattraper le temps perdu. Je suis conscient d'avoir été trop rigide avec Steven...

Elle hésitait à l'annoncer à ses enfants. Cela faisait deux mois maintenant, mais elle devait prendre son courage à deux mains et leur apprendre la mauvaise nouvelle de vive voix. Il refusait son nouveau traitement. Il n'ignorait pas que c'était avancer l'échéance. Il désirait être en paix avec lui-même et ses enfants, surtout Steven. Il admettait maintenant que sa rigidité nuisait à une entente saine entre un père et un fils. Il voulait tant rattraper le temps perdu.

Les trois semaines à New York passèrent à une vitesse folle. Tout allait trop vite. L'expo, sa carrière qui décollait. Jennyfer n'en revenait toujours pas. Ses rêves dépassaient toutes ses espérances. Sa vie d'avant était révolue. Elle vivait dorénavant comme elle le souhaitait sans s'obliger à faire d'abord plaisir aux autres. Et surtout, elle se fichait maintenant du regard et des avis des autres, c'était sa vie pas la leur.

Son indépendance lui donnait un air serein, et de femme accomplie... Steven était prévenant, aux petits soins avec elle, tendre et affectueux. Leurs baisers et leurs caresses étaient de plus en plus passionnés.

Paul réserva deux chambres d'hôtel à Miami. Jennyfer allait exposer dans une nouvelle galerie.

Steven les accompagnerait. Il était de plus en plus présent dans sa vie et celle de son fils.

Alors que le taxi les emmenait à l'aéroport, elle tenta de faire le point. Son attachement envers Steven était évident, mais surtout son attirance s'était transformée en un début d'amour profond. L'aimait-il autant ? Allait-elle encore subir la jalousie d'un homme ? Elle n'en aurait pas le courage. Steven était doux, plus jeune qu'elle. Il avait la capacité d'obtenir toutes les femmes qu'il voulait et, pourtant, il était avec elle. Cela la préoccupait en permanence.

A l'enregistrement des bagages, elle observa que de nombreuses jeunes femmes le dévisageaient. Cela ne l'étonna pas. Il était beau et charismatique. Il aurait pu en profiter, mais son indifférence envers ses femmes la laissait perplexe. À l'embarquement, il lui prit doucement la main. Il la comblait de prévenance et de tendresse. Elle espérait qu'elle ne se berçait pas d'illusions.

Arrivée à l'aéroport de Miami, l'ambiance était suffocante, la chaleur était insupportable. Une femme devant elle laissa tomber ses clés. Jennyfer la héla. Celle-ci se retourna et se pencha pour récupérer son trousseau, puis elle la remercia. Jennyfer avait déjà vu son visage quelque part ; brune, au teint mat, avec des cheveux bruns longs ondulés.

— Steven, quelle surprise, vous allez bien ?
— Yasmina, quel plaisir de vous revoir.
— Désolée, je suis pressée. On s'appelle.

Elle ne s'attarda pas et s'en alla d'un pas précipité. Elle était avec un homme et sa fille. Jennyfer se rappela vaguement avoir vu son visage dans une revue consacrée à sa carrière florissante.

— Elle est magnifique, elle est bien styliste ?

— Oui, je l'ai déjà interviewée.

— C'est une femme si sûre d'elle, une femme d'affaires et créatrice en même temps. Elle doit avoir une grande force de caractère.

— Tu sais, elle a eu un parcours parsemé d'embûches. C'est une femme sensible. Vous pourriez bien vous entendre.

— Tu crois ?

— J'en suis sûr.

Paul avait eu la délicatesse de réserver deux chambres à hôtel. Steven ne fit aucun commentaire.

*****

Le ranch était magnifique, et grand. La mère de Steven avait vingt employés pour s'occuper des chevaux. Sa fille donnait des cours d'équitation. Ça marchait bien. Son mari dirigeait, aidait et savait très bien exploiter son ranch. Sans lui, elle serait perdue. Il était tout pour elle. Son mari avait toujours cru à tort que Steven reprendrait le ranch. Il adorait les chevaux. Cependant le ranch lui sortait par les yeux. Elle savait très bien que Steven ne reprendrait pas l'exploitation. Elle ne voulait pas lui imposer un tel fardeau. Elle devait vendre. Elle n'avait pas le choix. Elle espérait que Steven et son mari se réconcilient, se parlent. Elle souhaitait que son mari parte en paix. Elle n'avait parlé à personne de son projet de vendre. Elle avait déjà consulté quelques agents immobiliers. Elle pourrait en tirer un bon prix et donner cet argent à ses enfants. Le ranch était toute sa vie. Cependant, seule avec sa fille et ses trois petits enfants, cela serait trop ambitieux pour elles deux...

*****

Jennyfer, Steven et Justin se baladaient dans les rues de Miami. Une vraie famille...

— Tu connais bien Miami ?
— J'ai vécu pendant un certain temps avec...

Il se tut. Il refusait d'évoquer ses ex. Par respect pour Jennyfer et pour ses anciennes maîtresses. Jennyfer ne posait pas de questions intrusives. Cela n'avait jamais été son genre d'être curieuse ou de fouiller dans le passé des gens. Elle jugeait cela malsain. Steven appréciait sa discrétion et sa délicatesse.

— Miami est une ville magnifique, mais il y a aussi l'arrière-pays où tu peux faire de belles balades...

Steven s'amusait avec Justin. Jennyfer se prit à rêver d'une vie de famille. Cependant elle avait peur que Steven se lasse d'elle et de son fils. Elle avait sept ans de plus que lui.

Son vernissage se passa à merveille. Steven en profita pour rédiger des articles sur elle. Il lui fit une pub d'enfer. Paul réussit à décrocher une deuxième expo. Jennyfer en fut ravie.

Alors qu'ils étaient sur la plage de Miami, tous les trois, Jennyfer lui annonça la nouvelle.

— Je vais exposer à Dallas, à la galerie de...
— Tu iras seule... sans moi, la coupa-t-il avec un mouvement de recul.

Elle le dévisagea, étonnée par sa froideur, lui si enthousiaste pour Miami. Il lui avait parlé d'exposer en Europe et de l'aider à percer là-bas. Il bénéficiait de relations. Elle ne comprenait pas ce revirement. Un silence glacial s'installa entre eux en dépit de la chaleur et plomba l'ambiance.

Steven les abandonna sur la plage. Il déguerpit. Jennyfer se sentit désemparée. Elle le regarda s'éloigner, impuissante. Elle tenta de se remémorer les derniers moments afin de comprendre sa réaction. Qu'avait-elle fait ? Leur relation amoureuse était gorgée de baisers, de caresses sensuelles. Steven faisait tout pour qu'elle se sente à l'aise. Alors, pourquoi cette soudaine mauvaise humeur ? Elle était perdue. Pourquoi était-il tout à coup si froid ? Distant ? En dix secondes, son sourire charmeur et ravageur avait fait place à un rictus dur et sévère.

Son changement d'attitude radical glaça Jennyfer. Allait-elle revivre la même histoire, le même scénario qu'avec Eddie ? Elle resta seule avec Justin sur la plage. Son désarroi était lisible dans ses yeux et sur son visage. Elle ne voulait plus vivre le même genre de scènes qu'avec Eddie.

Steven avait regagné l'hôtel. Il avait besoin de réfléchir. Il partait déjà cet été à Dallas. Il ne voulait pas y passer trois semaines de plus. Cependant, il avait vu le désarroi et l'incrédulité de Jennyfer. Il était stupide. Elle devait vraiment le prendre pour un adolescent attardé. Quel idiot il était ? Le soir, il la rejoignit au restaurant de l'hôtel où elle dînait avec Justin.

— Je peux m'asseoir ?

Elle hésita. Elle appréhendait une crise de jalousie ou d'hystérie. Peut-être s'était-elle trompée ? Ce n'était pas un homme libre. Elle allait d'échec en échec avec les hommes. À ce rythme-là, elle allait rester seule toute sa vie. Pourquoi pas, après tout.

— Oui, répondit-elle avec un faux-semblant de confiance en elle.
— Je suis désolé d'être parti comme un voleur...

Elle appréhendait la suite. En avait-il assez d'elle ou de Justin ou ne supportait-il pas qu'elle parcoure les villes des États-Unis pour peindre ?

— Dallas est ma ville natale et...

Il n'arrivait pas à parler. Il commença à s'embrouiller se sentant parfaitement ridicule. Jennyfer essayait de comprendre ce qu'il allait lui annoncer.

— Je déteste cette ville. J'y retourne cet été, et trop de mauvais souvenirs me hantent.

Elle l'observa attentivement.

— Je ne t'oblige pas à venir, répondit-elle sur un ton tremblant.
— Jennyfer, j'ai des sentiments pour toi et j'adore Justin. Et être avec vous est ce qu'il m'est arrivé de meilleur.

Elle n'en croyait pas ses oreilles. Steven l'appréciait. Il commençait à avoir des sentiments pour elle. Tout n'était pas perdu, alors. Peut-être était-ce le début d'une nouvelle histoire d'amour ?

— Moi aussi, Steven, j'ai également des sentiments, et plus que tu ne peux imaginer.

Il la fixa intensément. Il lui prit la main. Cette femme était tout pour lui. Il n'avait jamais ressenti cette alchimie, même pas avec Élisabeth. Il évitait d'aller traîner dans le centre-ville de Dallas. Il ne voulait pas croiser la sœur de Liz, ni la voir, Élisabeth, sa chanteuse de country, comme il aimait l'appeler. Trop de mauvais souvenirs, de jalousie, de non-dits. Une passion de cinq ans qui avait tourné en un vrai vaudeville.

— Je t'accompagnerai. Je connais par cœur cette ville.

Il comprenait à présent qu'il devait affronter son passé et ne plus fuir. Lorsqu'il retourna dans sa chambre, il téléphona à sa mère.

— Bonjour maman. Je viens la semaine prochaine et je reste trois semaines.
— C'est merveilleux.
— Je peux inviter une amie et son fils ?
— Avec plaisir.

Sa mère fut étonnée. Cela faisait longtemps qu'il n'avait pas invité de femmes chez eux. Il y avait eu Liz. Elle ne l'aimait pas. Elle savait que cette femme briserait le cœur de son fils. Hélas, elle aurait aimé s'être trompée. Son fils avait traversé une période difficile, faisant comme si tout allait bien. Elle n'achetait plus ses disques. Liz était devenue une star, mais à quel prix.

Le lendemain, alors que Jennyfer se languissait sur le transat de l'hôtel avec Justin, Steven les rejoignit.

— Je vais loger chez mes parents. Tu es la bienvenue avec Justin...

Elle ne répondit pas tout de suite, elle trouvait un peu précipité de voir les parents de Steven. Invitait-il toutes ses amies chez eux ?

— Le ranch est immense, et je serais honoré que tu viennes, insista-t-il devant son hésitation
— D'accord...

Elle espérait ne pas se tromper. Allait-elle plaire à ses parents, à sa sœur ? Elle appréhendait ce voyage maintenant. Peut-être aurait-il été préférable qu'elle y aille seule, sans lui. Tout se mélangeait dans sa tête.

— Tu en es sûr ?

Il perçut son hésitation.

— Je ne sais pas si... c'est une bonne idée.
— C'est la meilleure idée du siècle.
— Tu invites toutes tes copines chez tes parents ?

Il se figea et la regarda dans les yeux. Il ne voulait pas lui mentir.

— Tu seras la deuxième.

Elle ne lui posa pas de questions indiscrètes. Ils se connaissaient à peine. Pourtant ils avaient l'air d'une famille. Steven l'aimait.

Le ranch, situé à quarante kilomètres de Dallas, était immense avec ses écuries, ses chevaux, son bétail, ses différents troupeaux d'animaux. Une vraie ambiance de cow-boy.

Ils furent accueillis le sourire aux lèvres par la mère de Steven et sa sœur. Elles placèrent l'apéritif sur la table du salon. La mère de Steven réalisa très vite que cette femme rendrait heureux son fils. C'est tout ce qu'elle demandait.

Steven ne demanda pas où était son père. Il devait sûrement travailler dans le ranch. Il appréhendait de le revoir, tant leur relation était plus que tendue.

Son père était dans sa chambre. Sa fatigue intense l'empêchait de travailler comme il le souhaitait. Il n'ignorait pas qu'il allait mourir. Il n'était pas idiot. Lui si robuste, vaillant, se voyait dépérir à vue d'œil. Il espérait tant que son fils reprenne le ranch. Il savait que c'était illusoire et peine perdue. Son fils avait trouvé sa voie. Il l'avait tant vexé et lui avait reproché sa carrière. L'obsession de son fils pour les arts lui échappait. Il voulait que son fils soit heureux. Il espérait tant se réconcilier avec lui et peut-être faire la paix. Mais était-ce trop demandé ?

Son producteur n'arrêtait pas de râler.

— Comment ça, tu veux faire une pause d'un an, mais tu n'y penses même pas.
— Si Carl, j'ai bien réfléchi, je chante depuis dix ans, de tournée en tournée dans toute l'Amérique, je veux arrêter...
— C'est du délire, et tes fans...
— Ma décision est prise. Je retourne à Dallas. Je veux me poser, construire une famille.
— Une famille ? N'importe quoi !

Elle se démaquillait dans sa somptueuse et luxueuse loge attitrée. Sa sœur et elle, autrefois, quand elles étaient deux à chanter dans les différentes villes du Texas, se maquillaient dans la voiture qui ressemblait fortement à *Shérif, fais-moi peur*. Quelquefois Liz regrettait une partie de ce passé, surtout son insouciance. Ses longs cheveux ondulés blonds descendaient jusqu'à sa taille, ses bottines et son chapeau accroché derrière son dos lui allaient à merveille. Sa vie de chanteuse country était un rêve devenu réalité, mais au détriment de sa sœur et de son amour de toujours, Steven.

— Je veux faire un break d'une année. Tu peux comprendre ?
— Non, rien. Tu as tout, la gloire, l'argent, plein de projets de films de western.
— Je veux réfléchir... me poser.

Élisabeth avait acheté une villa dans le comté de Dallas. Une maison conçue par le célèbre architecte Elby Martin[3]. Une propriété où les invités sont accueillis par de magnifiques parquets en bois francs et des plafonds avec des voûtes d'arêtes qui guident les yeux à travers la grande salle et dans l'oasis de la cour. Seulement, elle n'y mettait presque jamais les pieds. Elle avait supplié sa sœur d'y habiter. Or elle préférait

---

[3] Elby Martin est un architecte établi et réputé à Dallas

sa caravane. Elle ne l'entendait pas ainsi. Mais trop de rancœur entre elles avait anéanti ce lien fraternel si fragile. Quand elles chantaient toutes les deux, elles riaient, s'amusaient, elles pensaient à tort qu'elles allaient tout le temps chanter en duo. Il avait fallu que Carl, ce producteur, gâche tout. Il ne voulait qu'une chanteuse et le physique de Liz correspondait bien au format du moment : blonde aux cheveux longs. Sa sœur était brune aux cheveux courts, et son look ressemblait plus à un punk. Élisabeth avait accepté la proposition de Carl avec joie et précipitation sans penser aux conséquences et aux dégâts que cela pouvait infliger à sa sœur.

Quand elle avait accepté ce contrat, elle croyait à tort que sa sœur sauterait de joie. Il n'en avait rien été. À partir de ce moment-là, leur lien s'était étiolé. Et pire, l'amour avait été remplacé par cette haine si facile à adopter quand on se sent trahi par sa propre sœur.

Elle n'avait pas mesuré toutes les conséquences ; ses concerts sur concerts dans tout le pays avaient brisé sa belle histoire d'amour avec Steven, son premier grand amour. Elle avait suivi sa carrière de près. Elle savait qu'il vivait à New York, qu'il avait eu quelques liaisons, mais jamais rien de sérieux. Il passait tous les étés dans sa famille dans le ranch qu'il détestait. Pour elle, rien n'était perdu. Il n'avait jamais rencontré l'amour. Peut-être qu'elle pouvait recoller les morceaux, et pourquoi pas revivre une histoire aussi intense et passionnée qu'était leur relation. Heureusement qu'il ne savait pas tout. Il l'aimait et voulait se marier avec elle lors de leur relation amoureuse. Elle se rappelle encore sa demande en mariage, il avait parcouru huit cents kilomètres pour demander sa main.

Elle avait accepté, le mariage était prévu.
Steven ne pouvait pas la suivre tout le temps et un soir où elle s'était sentie seule, trop seule, il l'avait surprise en train de flirter avec un musicien.

Il avait annulé le mariage. Il ne supportait pas l'infidélité.

*****

Jennyfer s'installa avec Justin dans la chambre du bas, spacieuse. Elle se sentait à l'aise dans cette famille, ce ranch. Elle était comme chez elle.

Steven vint frapper à sa porte. Elle le regarda avec des yeux ronds. Il était habillé avec des bottes de cuir, un veston, un pantalon de cow-boy et un chapeau. Cela lui allait à merveille.

— Je te fais découvrir les écuries ?

Jennyfer acquiesça d'un hochement de tête.

Il lui fit visiter le ranch. Steven monta sur son cheval. Elle fut ébahie, c'était un cavalier hors pair. Il adorait les chevaux. Il fit monter Justin sur un poney. Ils riaient aux éclats tous les deux.

— Tu veux essayer, lui demanda-t-il en s'adressant à Jennyfer.
— Peut-être une autre fois.

Elle les laissa tous les deux. Elle rentra dans la belle cuisine du ranch. La mère de Steven préparait le déjeuner.

— Vous voulez un peu d'aide ?
— Je veux bien.

Jennyfer aperçut les larmes dans les yeux de cette femme. Elle ne voulait pas la brusquer et l'aida sans poser de questions. Ils prirent le repas tous ensemble. Le père de Steven parla peu. Les retrouvailles étaient brèves. Jennyfer s'en étonna. L'atmosphère était pesante entre les deux hommes. Ils ne décrochaient pas un regard ni une parole. Jennyfer remarqua le malaise entre le père et le fils. Elle se sentait responsable de cette situation. Peut-être que sa présence et surtout celle de son fils gênaient, pourtant le père de Steven jouait avec Justin et les enfants de sa fille. Elle trouva leur ressemblance physique frappante et déroutante. Quand le père de Steven s'en alla se coucher, Steven s'en étonna. Son père, d'habitude, n'arrêtait pas de travailler au ranch.

— Papa a l'air fatigué, fit-il remarquer en regardant sa mère préparer le café.
— Oui..., dit-elle sur un ton de lassitude.

Ses mains tremblaient. Elle lâcha une tasse.

— Qu'est-ce qui se passe maman ? Tu es toute blanche...

La mère de Steven se mit à pleurer. Sa sœur la regarda avec inquiétude. Jennyfer nettoya le sol.

— C'est votre père. Il est malade, très malade.
— Maman, tu aurais dû nous le dire.
— J'ai essayé, Steven, au téléphone, mais...

Pendant un instant, ils se turent.

— Il va mourir. Il n'en a plus pour longtemps.

La sœur de Steven se mit à pleurer et serra sa mère. Steven resta inerte, ne sachant que faire. Pour lui, c'était impossible que son père, si fort, si autoritaire, meure. Son père était éternel. Jennyfer observa en retrait Steven. Elle vit dans ses yeux son désarroi et sa profonde tristesse. Elle serait là pour lui. Elle l'aiderait à passer cette épreuve.

— Ne t'inquiète pas maman, on sera là pour toi et papa, déclara sa fille, les larmes aux yeux.

Steven sortit de la maison et s'en alla directement aux écuries.
Il prit son cheval et passa l'après-midi seul.

Il s'en voulait. Il ne prenait pas de nouvelles de son père ou n'arrivait pas à lui parler, à tel point que leur entente s'était transformée en un bloc de glace. Il aimerait tant rattraper le temps perdu. Pourtant il savait que cela était impossible. Steven était abattu, frappé d'un profond désespoir. Il n'avait jamais effleuré que son père puisse tomber malade et encore moins mourir. Sa vie n'aura été que travailler dans son ranch qu'il affectionnait tant. Il n'osait lui parler. Que lui dire ? Il n'avait pas les mots ! Lui si joyeux, enthousiaste, souriant, tous ses sentiments se mêlaient ; son amour pour Jennyfer et Justin, l'annonce de la maladie incurable de son père.

Tout cela n'avait aucun sens. Aucun mot ne pouvait décrire son état de profonde tristesse. Son corps était rempli d'ondes électriques négatives. C'est comme s'il glissait dans du sable mouvant. Galoper seul lui permettant de faire le vide, de réfléchir. Il était perdu dans ses pensées. Sa sœur et sa mère se retrouvaient seules à gérer le ranch. Il ne supportait pas cette idée.

Paul téléphona à Jennyfer pour lui rappeler le lieu et les horaires de son vernissage. Pour elle, elle devait les laisser en famille, laisser Steven avec les siens. Elle se sentait de trop. Steven revint au ranch. Il frappa à la porte de la chambre de sa dulcinée et s'arrêta sur le seuil de sa chambre.

— Tu fais tes valises ? lança-t-il sur un ton inquiet.

Elle se retourna vers lui, le visage empreint d'une profonde tristesse.

— Je pense qu'il est préférable que je parte. C'est délicat. Je ne veux pas m'imposer, se justifia-t-elle.

— Ne pars pas. J'ai besoin de toi... surtout en ce moment.

— Tu en es sûr, ta mère, ta sœur, ton père...

— Cela ne les dérange pas. Ma mère t'apprécie, ça se voit.

— Tu penses ?

Il la regarda droit dans les yeux. Il attira son visage vers lui et l'embrassa d'un baiser ardent.

— Jennyfer, tu es tout pour moi.

Un sourire radieux éclaira son visage.

Elle le trouvait démuni, abattu. Elle resterait pour lui. Pour elle aussi. Il était tout pour elle.

Elle n'avait jamais vu tant de douleur dans un regard.

***

Norma sonna à la porte de la somptueuse maison de sa sœur.

— Entre, déclara Liz.
— C'est la première fois que je pénètre dans ta maison de luxe, marmonna Norma.

Contrairement à elle, elle paraissait parfaitement à l'aise dans cet environnement somptueux.

Liz ne fit aucun commentaire. Elle l'avait invitée de nombreuses fois et même à venir habiter chez elle. Mais elle s'obstinait à vivre dans cette caravane. Elle lui avait dit d'arrêter de boire. Elle lui avait proposé de l'envoyer dans des centres de désintoxication à ses frais. Mais sa sœur répliquait qu'elle n'était pas alcoolique, qu'elle n'avait pas besoin qu'elle lui fasse la charité ? Liz l'invita à s'installer dans sa cuisine pour prendre un café.

— Pourquoi as-tu tant insisté pour que je vienne ? demanda Norma.

— Je veux le récupérer.

Norma la regarda droit dans les yeux, elle savait très bien de qui elle parlait.

— Tu sais bien que ce n'est pas possible.
— J'ai de l'argent, une maison. J'ai engagé une avocate spécialisée dans les droits familiaux.
— Tu as fait quoi ?
— Tu as bien entendu.
— Tu vas gâcher la vie de Steven et la mienne.

Norma pensait surtout à elle. Elle gardait le secret de sa sœur, c'était sa monnaie d'échange. Tous les mois, elle lui versait une rente pour ne pas qu'elle parle à la famille de Steven où qu'elle fasse éclater la vérité dans les journaux. Le scandale aurait anéanti la carrière de sa sœur.

— Il est dans un foyer pour adolescents, je suis rongée de l'intérieur.

— Tu aurais dû y penser avant.

*****

Steven accompagna Jennyfer à Dallas. Il ne voulait pas qu'elle arrête d'exposer. C'était hors de question. Cela lui permettait de sortir du ranch et de reprendre la vie qu'il avait toujours affectionnée. Cela lui permettait également de retrouver Paul et Lucas.

Le père de Steven faiblissait de plus en plus. Leur médecin de famille venait régulièrement chez eux.

Un matin, il ne se réveilla pas. C'est sa femme qui le trouva dans son lit, le visage apaisé et serein.

Ils préparent tous les trois les funérailles. Le père de Steven était apprécié par la communauté de Dallas.

Liz reçut un appel de sa sœur.

— Le père de ton ex-petit copain est décédé.

Quand elle entendit la nouvelle, son passé avec son premier grand amour remonta à la surface. Les larmes l'étouffaient, non pas pour le décès du père à Steven, mais aux souvenirs des moments qu'elle avait partagés avec lui au ranch.

Une messe fut célébrée à l'église. Steve, sa mère, sa sœur et Jennyfer étaient présents.

Liz aussi. Elle scrutait Steven. Elle le trouvait encore plus beau et séduisant qu'avant. Elle l'aimait toujours. Certes, elle était célèbre, riche, mais seule. Elle s'en voulait d'avoir tout gâché. Pouvait-elle réparer le passé ? L'aimait-il encore ? Il était fou amoureux d'elle quand ils avaient dix-sept ans.

Après la cérémonie, les invités saluèrent la famille. Liz s'approcha d'eux. Steven ne la reconnut pas tout de suite.

— Sincères condoléances.

Elle le regarda droit dans les yeux.

— Liz, dit-il sur le bout de sa langue.

Il en était complètement retourné. Elle était là. Il ne savait pas quoi dire. La mère de Steven ne la regarda même pas. Elle avait fait trop souffrir son fils. Elle espérait tant qu'il ne retourne pas dans son piège. Il avait l'amour de Jennyfer. Elle espérait que leur amour sincère dure et que Liz n'interfère pas dans cette relation si belle et harmonieuse.

Steven était étonné de revoir Liz. Lui qui n'avait pas arrêté de penser à elle pendant des années. Lui qui ne s'imaginait pas vivre sans elle. Lui qui ne pensait pas retrouver l'amour. Il l'avait trouvé. Il se sentait bien avec Jennyfer et Justin. Ils les aimaient tous les deux sans condition.

Quand ils revinrent au ranch, ils retrouvèrent Paul et Lucas qui avaient gardé les enfants de la sœur de Steven et le fils de Jennyfer. Leur père n'était plus là. Cette journée était éprouvante. Ils se sentaient tous vidés et tristes.

Leur première nuit d'amour, ils en rêvaient tellement tous les deux. Elle ne voulait pas la passer sous le toit de sa famille, avec sa mère, sa sœur, ses neveux. Cela la dérangeait et la mettait mal à l'aise. Steven comprenait.

Il l'aimait tant. Pour l'occasion, à côté de l'expo de Jennyfer à Dallas, il avait déniché un petit hôtel atypique et pittoresque. Elle en était ravie. Il la désirait tant.

Après avoir passé la journée à présenter ses œuvres, avoir discuté avec différents clients et vendu des tableaux, Jennyfer se rendit à sa chambre d'hôtel réservée avec soin par Steven.

Il l'attendait dans sa chambre. Ils s'embrassèrent passionnément et ardemment. Il effleura son cou de ses lèvres. Il déboutonna son chemisier et avec douceur embrassa sa poitrine. Ils étaient faits l'un pour l'autre. Il adorait sa peau, ses formes, sa personnalité. Il aimait tout en elle. Comment avait-il pu vivre sans elle ? Il la pénétra avec douceur et longtemps. Il voulait qu'elle prenne autant de plaisir que lui. C'était le cas. Après leur étreinte, ils se serrèrent l'un contre l'autre dans les draps blancs de la chambre d'hôtel. Un couple parfait sans fausses notes.

— Cela ne te dérange pas notre différence d'âge, chuchota Jennyfer.
— Ce ne sont que des nombres répondit-il avec douceur,

Il la serra encore plus fort, pour lui montrer à quel point il était fou amoureux d'elle et que la différence d'âge était de loin sa dernière préoccupation. Jennyfer s'en inquiétait. Il en avait trente et elle, trente-sept. Il pouvait avoir toutes les femmes qu'il voulait, mais il restait avec elle. Pour combien de temps se demandait-elle ? Allait-il la quitter pour une autre ? Ou parce qu'il ne l'aimait plus ? Pourtant elle ressentait son amour, c'était évident. Il l'aimait, elle aussi. Mais elle avait tellement peur que leur amour parte en fumée ? Elle était terrifiée à cette idée.

4

Elle marchait dans tous les sens dans son salon de trois cents mètres carrés, seule. Ce salon était bien trop grand pour elle, ainsi que cette maison. Mais elle en avait les moyens. Elle l'avait vu à l'église. Il était encore plus beau, grand, il faisait homme, il était mature. Son regard glacial l'avait terrifiée. Savait-il son secret ? Elle frémit à cette idée. Elle repensa à leur dispute violente. Il lui avait fait la surprise de venir sans la prévenir de son arrivée. Il avait pénétré dans sa chambre d'hôtel, et il les avait vus. Elle était dans le lit avec un chanteur de rock. Il avait cassé la gueule à son amant. Il était fou de rage.

C'était la première fois qu'elle avait vu Steven dans une telle furie. Il lui tenait les bras et l'insultait. Elle avait eu peur qu'il porte la main sur elle. Il l'aimait éperdument. Il avait accepté cet incident. Il l'aimait tant, mais il ne supportait plus l'infidélité et les mensonges de Liz. Peu de temps après, elle s'était retrouvée enceinte. Elle n'avait pas su si c'était l'enfant de Steven ou du chanteur de rock. Elle ne savait même plus son prénom tant elle était ivre.

Elle avait réussi à cacher sa grossesse. Elle était tellement mince qu'elle avait pu chanter jusqu'à ses sept mois de grossesse. Avec l'aide d'une sage-femme, gracieusement payée pour son silence, Norma l'avait aidée à accoucher. C'était un garçon. Sa sœur avait fait le nécessaire pour le placer dans un orphelinat. Le souvenir de cet acte était gravé à jamais dans sa peau, son cœur, son âme.

Comment en était-elle arrivée là ? Elle avait tout simplement abandonné son enfant, son fils, pour une carrière, pour la gloire et l'argent. Elle avait tout gâché. Elle voulait réparer ses erreurs du passé qui la hantaient. Mais revoir Steven l'avait bouleversée plus qu'elle ne l'aurait imaginé. Elle n'avait jamais cessé de l'aimer. Elle désirait cet homme et elle allait le reconquérir. Il l'avait aimé. Cet amour pour elle n'avait pas pu disparaître. Il devait renaître.

La mère de Steven était assise dans le salon ; ses deux enfants étaient installés face à elle sur le canapé et s'inquiétaient de ce que leur mère allait annoncer.

— J'ai décidé de vendre.
Ils la regardèrent sans rien dire. Ils étaient scotchés.

— Tu ne peux pas, s'écria Alyssa.

— Je n'ai pas le choix, votre père n'est plus là. C'est lui qui dirigeait le ranch et sans lui...

Elle se tut, désarmée. Elle sentit sa gorge se serrer.

Steven ne dit rien. Il se leva brusquement et alla faire du cheval. Il était désorienté, sans repère. Il n'avait même pas eu le temps de parler avec son père. Il s'en voulait tellement.

Sa vie était à New York, mais le ranch, c'était son père qui l'avait bâti de ses propres mains. Il avait tant travaillé. Sa mère n'avait même pas osé lui demander de prendre la suite, la relève. Il en était bouleversé. Et Jennyfer, Justin ? Pouvait-il leur imposer une vie dans un ranch. Il ne voulait rien précipiter. Il se balada tout l'après-midi. Des souvenirs joyeux avec son père revinrent à la surface. C'est lui qui lui avait appris à monter à cheval, à gérer une écurie. L'été, Steven donnait des cours de poney à des jeunes enfants et adolescents de Dallas. Il était perdu dans ses pensées et bouleversé. Il repensa aussi à Liz, qui avait assisté aux funérailles de son père, et au grand désarroi de sa mère.

Liz se prenait tellement pour une star qu'elle oubliait de dire merci quand on lui servait le café. Sa mère la détestait. Et voilà qu'elle débarquait à l'enterrement de son père comme si de rien n'était. Il ne l'aimait plus. Elle était toujours aussi belle. Il suivait de loin sa carrière. Elle avait réussi brillamment. Il était satisfait pour elle. Mais il n'avait plus de sentiments ni d'affectation pour cette femme. Même pas un lien d'amitié. Il était indifférent.

Sa décision prise, il rentra au ranch et vit Jennyfer jouer avec Justin. Il l'embrassa tendrement et la regarda avec amour et passion. Il ne savait pas par où commencer tellement il était déconcerté. Quelle serait sa réaction ? Repartirait-elle avec Justin dans le Maine ?

Il était perdu dans ses pensées. Il cherchait comment formuler au mieux. Il pensait à raison que c'était une des meilleures décisions de sa vie.

— Je vais rester six mois au ranch, annonça-t-il, hésitant.

Il attendit une réaction, mais elle ne dit rien. Elle l'écouta attentivement comme s'il lui avait annoncé une nouvelle qui allait changer sa vie à jamais, leurs vies à tous les deux, tous les trois avec Justin.

— Ma mère veut vendre. J'ai décidé de rester pour l'aider à s'occuper du ranch, en attendant de trouver un gérant. Voulez-vous rester Justin et toi avec moi ? Je serai le plus heureux des hommes.

Elle leva les yeux vers lui. Elle l'aimait tant. Elle le dévora des yeux, un sourire aux lèvres, tandis qu'il attendait sa réponse.

— Oui, je serai ravie, mais ta mère, ta sœur, tes neveux je ne sais pas si...

— T'inquiète, ma mère t'adore et ma sœur aussi.

Sa mère était occupée à cuisiner. Il s'empressa de la rejoindre.

— Maman, j'ai pris la décision de rester auprès de vous pendant six mois.

— Tu en es sûr ?

— Oui. Le temps d'embaucher quelqu'un digne de confiance pour te seconder. Je te trouverai quelqu'un de bien.

Dans son for intérieur, avoir ses enfants sous le même toit réchauffait son cœur, la perte de son mari était une épreuve douloureuse.

Les journées passèrent avec le même rythme. Chacun trouva sa place ou retrouva ses repères d'antan.

Une semaine plus tard, alors qu'ils étaient assis dans le salon, la sonnette de la porte d'entrée retentit. Ils n'attendaient personne. Steven ouvrit la porte, et quelle ne fut pas sa surprise quand il se retrouva nez à nez avec Liz.

— Tu veux quoi ?
— Je voulais simplement présenter toutes mes condoléances à ta mère, à Alyssa et à toi. À l'église je n'ai pas eu le temps de vous parler, il y avait tellement de monde.

Il ne voulait pas la faire entrer.
Sa sœur surgit derrière lui.

— Liz, mais entre donc, viens prendre un café.

Pour son plus grand malheur, Alyssa et Liz s'étaient toujours bien entendues. Elles s'assirent toutes les deux sur le canapé. Sa mère et Steven leur faisaient face.

Steven s'obligea à faire bonne figure par politesse. Liz s'était mise sur son trente-et-un. Une jupe noire droite avec un chemisier rose pâle. Ses cheveux longs ondulés descendaient sur sa taille. Elle était magnifique. Il n'éprouvait plus rien pour elle. Il la trouvait futile et quelconque. Leur vie de couple était révolue à jamais. Sa mère resta polie. Elle l'observait. Elle avait peur que Steven ne retombe dans ses griffes. Elle l'avait ramassé à la petite cuillère, son fils. Elle se doutait de ce qu'elle avait pu lui faire subir. Elle en était toujours écœurée. Elle n'en revenait pas qu'elle ose se pointer chez eux pour présenter ses condoléances.

— Tu vas repartir en tournée ? souligna sa mère.
— Non, j'ai pris une année sabbatique, je souhaite me poser et...

Elle s'interrompit brusquement en fixant intensément Steven.

Elle était toujours amoureuse de lui. Elle allait le reconquérir. Il retomberait dans ses bras, comme avant. Il succombait toujours à ses charmes. Il ne lui résistait jamais.

— Je souhaite réparer certaines choses du passé.

Il lui jeta un regard méfiant.
Elle s'attendait à une réaction de Steven. Il ne parlait pas. Brusquement, il se leva et prit congé. Pour elle, c'était une évidence, elle l'avait troublé.

Elles restèrent toutes les trois dans le salon.

— Tu sais Liz, certaines blessures sont irréparables, l'interpella la mère de Steven.

Liz ne répondit pas. Sa mère voulait protéger son fils et la relation qu'il avait avec Jennyfer. Ils s'aimaient, cela sautait aux yeux de tout le monde. Elle le désirait. Elle voulait le posséder, le garder.

— Steven va rester quelque temps avec sa nouvelle compagne, Jennyfer. N'est-ce pas magnifique, j'ai mes deux enfants sous le même toit.

Liz tressaillit en entendant « nouvelle compagne ».

— Tu es toute blanche, s'inquiéta la mère de Steven, quelque chose ne va pas.

La mère de Steven était ravie de l'effet qu'elle avait fait sur Liz. Quel culot, elle avait de revenir dans leur ranch !

— J'ai un peu mal au crâne, je vais vous quitter.

Liz s'efforça, non sans mal, de garder son calme et prit congé.

Elle était bouleversée. Elle lorgnait à reconquérir son amant, son amour de toujours. Mais il avait été froid, distant. Avant, il aurait été aux petits soins avec elle. Ou peut-être jouait-il l'indifférent, car il avait trop souffert à cause d'elle.

Sa sœur l'attendait dans sa nouvelle Porsche rouge éclatante.

— Tu en fais une tête, fit remarquer Norma.
— Laisse-moi tranquille.
— Ton cher Steven n'est pas retombé dans tes bras comme tu l'avais prévu.
— Il reviendra, on s'aimait tellement.
— Il t'aimait. Toi tu jouais avec lui.
— J'étais jeune. Quand je vais lui annoncer que nous avons un enfant, un fils, il rampera.
— Tu ne sais même pas si c'est le fils de Steven. Je te rappelle que tu as couché avec deux mecs.
— J'avais dix-sept ans...

— La jeunesse n'excuse pas tout.

— Arrête tes leçons de morale. Je comptais sur toi pour lui trouver une bonne famille, et toi tu l'as envoyé dans un orphelinat.

— Tu me fais des reproches ! C'était quand même ton gosse, pas le mien.

— Il est de Steven, leur ressemblance est frappante, et je vais bientôt le récupérer. Ce n'est plus qu'une question de temps.

Certes elle était toujours aussi belle. C'était très bien qu'elle soit venue. Steven réalisait à présent que son amour pour Jennyfer était sincère. Il n'aimait plus Liz. Il l'avait toujours su, et la revoir ne lui avait fait aucun effet. Il repensa aux bons souvenirs avec elle sans rancœur ni haine. Simplement de bons moments. Ils avaient fait l'amour dans leur ranch, dans les écuries. Il était jeune et elle aussi. Il espérait qu'elle trouve chaussure à son pied, qu'elle trouve un homme qui l'aime et qu'elle aime. Elle le méritait malgré toutes les crasses qu'elle lui avait faites ; le tromper, le maudire, lui mentir. Il était fou, mais c'était décidé, il annoncerait à Jennyfer qu'il voulait l'épouser.

Liz maudissait la Terre entière. Trop de rancœur était ancrée en elle, dans son corps, son âme, son cœur. Elle haïssait Steven, sa sœur et cette femme. Qui était-elle ? Comment était-elle ? Sa curiosité a toujours été son vilain défaut, son vice. Sa curiosité malsaine était gênante pour les autres. Elle aimait Steven et elle savait très bien qu'il retomberait à ses pieds, comme il l'avait toujours fait. Leur vie à deux devait reprendre là où elle s'était terminée. Autrement cela n'avait aucun sens. Plus rien n'avait de sens. Elle devait absolument connaître cette femme qui s'appelait Jennyfer. Déjà, elle trouvait ce prénom quelconque, banal.

Que faisait-elle dans la vie, qui était-elle ? S'il l'invitait dans le ranch de ses parents, c'est qu'il devait quand même un peu l'apprécier, peut-être l'aimer ? En imaginant à Steven avec d'autres femmes, cela ne l'avait jamais trop dérangé, mais qu'il aime passionnément une autre femme qu'elle cela devenait perturbant, illogique, ce n'était pas dans ses croyances, dans sa façon de voir l'avenir.

L'orphelinat était à huit cents kilomètres. Liz réserva deux chambres dans un hôtel. Sa sœur l'accompagna. La ville était atypique, loin de l'ambiance de Dallas.

Liz avait prévu ce rendez-vous depuis six mois. Toutes les formalités administratives étaient prêtes et officialisées avec l'avocate des relations familiales. Tout était limpide. Tout allait prendre un sens.

Thomas attendait sur la chaise. Il trépignait d'impatience et d'angoisse. Il ne comprenait pas pourquoi cette femme insistait tant pour l'adopter : une chanteuse de country. Il l'avait entendue à la radio et vue à la télé. Mais il était plus branché rap et hip-hop. Il aimait son orphelinat. Il avait ses habitudes, ses copains, ses éducateurs, son école à côté. Il ne voulait pas changer d'État. Il ne comprenait rien à ce qui lui arrivait. Sa vie serait chamboulée.

Norma resta dans le centre-ville pour se promener. Liz se présenta à l'accueil. Le directeur vint la chercher et la reçut dans son bureau.

— Vous êtes en avance, très en avance.
— J'ai hâte de le voir.

Il savait que c'était sa mère biologique. L'avocate avait expliqué exactement les faits. Il n'avait pas eu son mot à dire. L'argent pouvait tout acheter.

— Soyez patiente, c'est un ado. Et il ne sait pas que vous êtes sa mère biologique.
— Il faudra bien qu'il le sache un jour.

— Je ne pense pas que pour le moment ce soit une bonne idée.

Elle le fusilla du regard. Elle n'avait jamais supporté les donneurs de leçons ou tout simplement qu'on lui dicte sa conduite. Elle menait sa barque comme elle l'entendait. Peu importe les conséquences.

— Il ne vous connaît pas. Il sait qu'il va bientôt vivre avec vous, essayez de tisser des liens, faites connaissance.

Il la mena dans une pièce, un bureau. Thomas l'attendait. Le directeur les laissa seuls.

— Salut !
— Appelle-moi Liz.

Il l'observa avec défiance.

— Tu sais que tu vas bientôt vivre avec moi ?

Il ne répondit pas. Elle s'attendait à une explosion de joie. Il n'en était rien.

— Tu es content ?
— Pourquoi moi ? J'ai treize ans. Pourquoi ne pas adopter un enfant plus jeune ?

Elle ne s'attendait pas à cette question ni à cette réaction. Elle croyait à tort qu'il allait lui sauter dans les bras, qu'il serait heureux de vivre avec elle. Les larmes aux yeux, elle se retint de pleurer. Elle voulait tant lui crier que c'était son fils et qu'elle l'avait l'abandonné, mais elle se laissa choir sur le fauteuil.

Le directeur frappa à la porte. L'entrevue était terminée.

En sortant sa sœur, l'attendait.

— A ta tête, j'ai l'impression que ton rendez-vous s'est mal passé, jubila-t-elle.

— Arrête ! Tu es contente de me voir souffrir ?

— En effet, je me réjouis, chacun son tour, à toi aussi d'en baver.

— Toujours aussi puérile.

— Tais-toi. Arrête tes commentaires sans intérêt. Tu croyais vraiment qu'il serait heureux, mais tu es naïve. Il ne te connaît même pas, ce gosse, c'est un ado de treize ans. Tu croyais que cela allait être facile.

Liz ne répliqua pas. Elle savait que sa sœur n'avait pas tort. Elle la haïssait et se haïssait aussi. Quelle idiote elle était ! Elle, si sûre d'elle en chantant devant des milliers de personnes, tournant des clips, des émissions de télé, et la voilà apeurée, tremblante devant cet ado, son fils. Elle était désarçonnée.

Elle roulait machinalement, perdue dans ses pensées. Sa sœur s'était endormie sur le siège passager. Tant de rancunes entre elles, de non-dits, de faux-semblants. Et Steven qu'elle aimait depuis toujours.

La ressemblance était frappante, saisissante ; les mêmes yeux, le même regard, les mêmes manies, la même façon de parler. Tout était réel. C'était bien le fils de Steven. Elle n'avait plus aucun doute. Elle devait lui annoncer, le prévenir. De toute façon, il devait vivre avec elle et leur fils. Pour son équilibre à lui et à elle. Tout allait redevenir comme avant. C'était évident !

*****

Jennyfer prit sa douche. Steven se glissa contre elle. Il l'embrassa passionnément. Il lui caressa la poitrine avec délicatesse. Ils firent l'amour passionnément.

— Épouse-moi ?

Jennyfer ne saisit pas très bien sa question.

— Tu as bien entendu ?

— C'est trop tôt, on se connaît à peine.

— Reste avec moi, j'ai besoin de toi.

Elle ne répondit pas tout de suite tellement sa demande en mariage la surprenait.

Elle se sentait décontenancée, mais heureuse et épanouie.

La vie prenait un sens pour elle et Justin. Tout allait bien.

Liz était contrariée. Rien n'allait comme elle le voulait. Sa colère la rendait mauvaise et irritable. Sa mauvaise humeur la rendait laide.

Elle prit sa voiture et alla au ranch. Elle en avait assez de cette situation. Attendre, toujours attendre...

— Liz, entre dit Alyssa.

Elle était soulagée que ce soit la sœur de Steven qui l'accueille. Elle ne s'était jamais très bien entendue avec leur mère. Elle était toujours aussi méfiante envers elle.

— Je peux voir Steven.
— Il est au ranch, vas-y, derrière l'écurie.

Steven brossait son cheval favori. Il était comblé par Jennyfer. Elle n'avait pas répondu à sa demande, mais il savait au fond de lui qu'elle lui dirait oui. C'était juste une question de temps. Il aperçut Liz au loin et tressaillit. Il se méfiait d'elle.
Liz vint à sa rencontre.

— Qu'est-ce que tu fais ici ? aboya-t-il
— Il faut absolument que je te parle. Ne sois pas agressif.
— Cela à l'air urgent.
— Oui, c'est très important.

— Je t'écoute, mais dépêche-toi, j'ai du travail au ranch.

— Je vais adopter un enfant.

Il ne comprenait pas trop le rapport avec lui...

— C'est un garçon, il a treize ans et c'est mon fils...
— Je ne comprends rien à ce que tu racontes…

Il sentit sa mâchoire se crisper comme un mauvais pressentiment.

— Notre fils, un fils, nous avons un fils.
— Arrête tes bêtises.

Son air déterminé et sérieux fit chanceler ses certitudes. Ce fut le choc, d'une violence inattendue.

— Tu ne m'as jamais rien dit.
— J'étais jeune, trop jeune et perdue

— Tu mens, tu couchais à gauche à droite, tu fais exprès. Tu jubiles à mettre la pagaille autour de toi. Tu ne supportes pas le bonheur des autres.

— Je t'assure, non ! Je t'aime, toi aussi, tu m'as toujours aimée.

— Je t'ai aimée, j'étais fou de toi, avant, autrefois, mais plus maintenant. J'ai fait une croix sur notre relation, et tu devrais en faire autant.

À son regard, elle sentit que c'était peine perdue.

— Pars de chez moi et n'y remets plus les pieds, tu me dégoûtes.

Les larmes lui montèrent aux yeux.

— Arrête ta comédie ! Avant, ça marchait quand tu pleurais, plus maintenant. Dégage de chez moi, dit-il avec fermeté.

Elle s'en alla le cœur brisé. Elle était à bout de souffle et d'arguments. Entre sa sœur qui lui vouait une haine sans failles, Steven qui ne l'aimait plus, et un fils qui ne voulait pas d'elle.

Désespérée, elle décida de rencontrer cette femme, cette Jennyfer. Elle était peintre et exposait à Austin. C'était dans tous les journaux. Sur la photo, on distinguait une femme rousse aux cheveux longs. Elle était quelconque. Liz ne comprenait pas ce qu'il lui trouvait.

Steven appréciait le ranch. Il l'avait toujours adoré en dépit de ce qu'il croyait, mais la vie à New York lui manquait. Son appartement, les soirées. Il savait que c'était temporaire, six mois à tenir. L'exploitation du ranch était un métier à temps complet. Les mois à venir seraient rudes pour tout le monde. Steven avait informé les drugstores du coin qu'il recherchait quelqu'un pour l'aider au ranch. Quand il se rendait à l'église, le dimanche matin, il n'hésitait pas à demander à ses connaissances s'ils avaient dans leurs relations un cowboy prêt à relever le défi.

Jennyfer partait à Austin pour une autre expo. Il était fier d'elle. Elle lui avait raconté pour Adam, Justin et sa stérilité. Il s'en fichait complètement.

Jennyfer se baladait dans les rues d'Austin à la recherche de différentes textures, de couleurs pour ses toiles. Elle trouva une boutique qui vendait différents gouaches, pastels, aquarelles et de nombreux pinceaux. Elle en acheta une quantité. Elle vivait de sa passion. Elle était une maman épanouie, amoureuse de Steven. Elle se sentait revivre.

Une femme n'arrêtait pas de la regarder lors du vernissage. Cela la gênait et la mettait mal à l'aise. Peut-être une journaliste ou une photographe ou une cliente qui n'osait pas lui parler. Cela lui était déjà arrivé. Elle alla vers elle avec un grand sourire.

— Je peux vous aider, s'enquit-elle.
— Je cherche un tableau pour un ami, expliqua Liz.

Elle la dévisagea de la tête aux pieds. Cela gêna Jennyfer.

— Connaissez-vous les goûts de votre ami ?
— C'est un homme passionné par les chevaux.
— Je n'ai aucun tableau de ce genre, mais je peux vous en peindre un si vous le souhaitez ?
— C'est une excellente idée.
— Où vivez-vous ?
— À Dallas.
— Quelle coïncidence, je suis à Dallas pour un certain temps. Je peux passer chez vous si vous le souhaitez.
— D'accord.

Jennyfer n'en revenait pas. Elle avait vendu une toile en cinq minutes.

— Je m'appelle Liz. Je vous laisse mes coordonnées, passez chez moi et on discutera de ce que je veux comme peinture. C'est important pour moi. C'est un cadeau pour un ami très cher. Vous comprenez, n'est-ce pas ?
— Oui.

Jennyfer s'imaginait déjà l'esquisse qu'elle préparerait : un cow-boy. Elle pensa aussitôt à Steven. Il lui manquait terriblement, malgré les coups de téléphone dans la journée et la soirée.

Liz sortit de l'exposition triomphante. Cette femme était plus âgée que Steven. Elle la trouvait fade, sans intérêt. Pourquoi était-il avec elle ? Sûrement par simple charité ? Ou pour passer des nuits avec elle ? Pour le sexe, c'est sûr ? C'est clair qu'il ne l'épouserait pas ! Il l'épouserait elle.

Elle rentra dans son immense villa. Sa sœur commençait à vivre un peu avec elle.

— Alors ? demanda Norma.
— Elle va venir à la maison pour peindre un tableau pour Steven
— Elle est comment ?
— Quelconque, fade sans intérêt...
— Pour toi, mais sûrement pas pour Steven.
— Parce que, toi, tu connais maintenant les goûts, le type de femme qu'affectionne Steven.
— Tu sais, il a l'air vraiment amoureux d'elle.
— Qu'est-ce que tu en sais.
— Alyssa, je la vois de temps en temps.

Liz haïssait Norma quand elle lui révélait certaines vérités qui n'étaient pas bonnes à dire.

Liz devait trouver une solution.

— Je vais bientôt avoir Thomas à la maison et je voudrais que tu arrêtes de boire, tu comprends ou pas ?
— Promis.
— Tu dois m'aider !
— Comment ? questionna Norma en écarquillant ses yeux cernés et fatigués par l'alcool.
— Tu vas aller voir Steven et lui raconter que c'est bien son fils.
— Pourquoi moi ?
— Parce que je te donne cinq mille dollars tous les mois,
— Tu ne sais même pas si c'est son fils !
— C'est le sien. Il n'y a aucun doute.

Norma se rendit au ranch. Steven travaillait dans les écuries.

— Qu'est-ce que tu fais là ? lui demanda-t-il sur la défensive en l'apercevant.

— Faut qu'on parle.

— De quoi ? bougonna-t-il.

— De Liz.

— Raconte.

— Elle est venue l'autre fois, et elle t'a annoncé pour...

— Oui qu'on avait un fils de treize ans, des foutaises, des mensonges de ta sœur.

— C'est vrai, crois-moi !

Il savait que la sœur de Liz avait toujours été honnête avec lui. Il ne voyait pas pourquoi elle lui mentirait maintenant. C'est elle qui était venue le voir pour le prévenir que la presse people écrivait un article sur Liz et son amant guitariste. Elle voulait le prévenir avant que ce torchon éclate au grand jour.

— C'est incompréhensible... Pourquoi ne m'a-t-elle rien dit ?

— Elle était jeune, dix-sept ans. Tu sais, elle était perdue, avec toute cette pression ; les tournées, l'album à préparer, les clips.

Norma y mit tout son cœur, elle tenait à la rente que sa sœur lui versait tous les mois. Elle voyait bien que Steven flanchait.

— Il faut que vous vous parliez, insista-t-elle.
— C'est clair.

Steven était abattu ; la mort dans l'âme.

Liz se sentait désorientée.
Son fils Tom était avec elle. Il occupait la plus grande chambre du haut. Elle l'avait couvert de cadeaux. Il passait la plupart de son temps dans sa chambre à

écouter sa musique, son casque sur les oreilles. Son école, ses copains du foyer lui manquaient.

Sa sœur ricanait et se moquait d'elle, elle se réjouissait de son désespoir et de sa tristesse.

— Tu croyais vraiment qu'il allait t'appeler maman ! Il s'en fiche de toi et de tous les cadeaux que tu lui offres. Il s'en contrefout.
— Arrête... Je le sais bien, figure-toi.

Liz téléphona à Nicolas Johnson, le directeur du foyer. Elle avait besoin d'aide.

— Soyez patiente, emmenez toutes les semaines Tom au foyer. Il reverra ses copains, ses éducateurs... c'est important.
— Je vais y réfléchir.
— C'est dans l'intérêt de Tom. Vous n'êtes plus seule. Dorénavant vous êtes une famille. Vous devez

d'abord penser à son bien-être. J'espère me faire bien comprendre, répliqua-t-il sur un ton autoritaire.

— D'accord, répondit-elle en soupirant.

Elle ne s'attendait pas à ce que ce soit aussi dur. Steven devait arriver dans dix minutes. Elle était à bout, sur les nerfs. Steven devait aussi prendre ses responsabilités.

Il était assis dans sa voiture, devant la superbe maison de Liz, perdu dans ses pensées. Ce n'était pas possible qu'il soit père, lui. Il ne le concevait toujours pas.
Il hésita à sonner. Il attendit cinq minutes devant la porte. Il n'avait jamais été lâche. Il n'avait jamais fui quand un problème surgissait. Au contraire, il fonçait tête baissée. Ce qui parfois pouvait lui causer du tort.

— Merci d'être ponctuel, dit-elle avec froideur.

Elle le trouvait toujours aussi beau, séduisant, mais elle était préoccupée par Tom, cet ado qui ne l'aimait pas ; un jeune discret, taciturne, tout le contraire d'elle. Elle pouvait être joviale, mais aussi impulsive et agressive.

— Tu daignes enfin venir, dit-elle sur un ton méchant.

— Arrête tes sarcasmes ! Je te préviens tout de suite, j'aime Jennyfer. Je ne t'aime plus. C'est fini entre nous, est-ce que tu l'entends ?

— Je l'entends. Je t'écoute me le dire, mais je ne l'accepte pas et ne le tolère pas. Je t'ai toujours aimé, et toi aussi. Je le ressens.

— Tu te trompes. Je ne suis pas là pour toi, mais pour...

Il s'interrompit, il n'arrivait pas à dire « mon fils ».

— Tom... Il s'appelle Tom.

— Pour Tom.

— Il vit avec moi, et c'est compliqué, c'est un ado...

— Il sait que tu es sa mère au moins ?

— Le directeur du foyer pense que c'est trop tôt pour lui annoncer. Il faut y aller avec douceur.

— Une décision sage.

— Je ne sais pas comment m'y prendre. Je lui achète plein de cadeaux. Mais il s'en fiche et se renferme. Il passe ses journées dans sa chambre.

— Je vois...

Steven était aussi démuni qu'elle.

— Es-tu sûr que c'est mon fils, je te rappelle que tu...

Elle l'interrompit brusquement.

— Je sais. Je suis au courant, mais votre ressemblance est trop frappante. J'en suis sûre. C'est bien ton fils.

Elle sortit une photo de Tom.

Il la regarda, médusé.

— Alors ? demanda-t-elle.

— Peut-être..., dit-il sur ses gardes.

— C'est sûr. C'est ton fils, cria Liz.

— Ne hurle pas, s'il est dans sa chambre, il pourrait t'entendre. Je peux aller le voir ?

— Je t'en prie. Et bon courage !

Il monta les escaliers avec précaution. Il prit une bonne inspiration et aperçut la porte entrouverte. Il resta sur le seuil et découvrit un ado sur son lit avec son casque. Il frappa et se présenta.

— Je suis un ami de Liz.

— Vous voulez quoi ?

— Voir comment tu vas. Cela ne doit pas être évident d'arriver dans une ville que l'on ne connaît pas, dans une famille que l'on ne connaît pas aussi...

— Ouais.

— As-tu déjà fait de l'équitation ?

— Non.

— Cela te brancherait d'en faire ?

— Pourquoi pas !

— Viens samedi au ranch. Liz t'emmènera.

— OK.

Il descendit dans le salon cosy.

— Alors ?

— Emmène Tom au ranch. Je vais lui apprendre à faire du cheval.

— Comment as-tu réussi cet exploit de le sortir de sa coquille ?

— Je ne pense pas que lui offrir des tonnes de cadeaux le rendra plus heureux. J'ai l'impression que tu achètes son amour. Il doit d'abord avoir confiance en toi. Tu lui as fait visiter la ville au moins ?

— Non !

— Liz, tu dois te comporter comme une mère, et plus comme...

Il se tut. Il ne voulait pas d'esclandre. Tom était dans sa chambre, il pouvait les entendre.

Elle le regarda avec les yeux ronds.

— Je vais essayer.

Quand il revint au ranch, il était encore chamboulé par sa rencontre avec Tom. À peine rentré, dès qu'il aperçut Jennyfer, il posa sur ses lèvres un baiser à la fois tendre et las. Elle sentit que quelque chose le tracassait. Elle ne voulait plus faire comme si de rien n'était. Si Steven avait besoin d'elle, elle serait présente.

— Tout va bien ?

Il la dévora des yeux et l'embrassa de nouveau, cette fois avec beaucoup plus de fougue. Elle répondit à son baiser empreint de passion et d'amour.

— Je dois t'avouer quelque chose ?

Elle l'écouta avec attention.

— Mon ex...
— Oui...
— Elle vient samedi après-midi au ranch avec notre... son fils.
— Tu sais Steven, tu n'as pas à te justifier. Je trouve ça très bien de s'entendre, même après une séparation. C'est agir de manière adulte.

Il l'embrassa. Mais il n'osa pas lui dire que Liz n'arrêtait pas de le draguer. Cela devenait pénible et humiliant pour elle. Et aussi pour Tom. Comment lui annoncer ? Tom était-il bien son fils ? Il devait faire des tests de paternité. Steven doutait de la sincérité de Liz. Il était toujours aussi méfiant. Il savait de quoi elle était capable. Sa manipulation et ses mensonges pouvaient facilement nuire à une personne.

*****

Greg vit l'annonce. Il avait besoin d'un travail. Depuis sa séparation avec sa femme, il broyait du noir. Le divorce lui avait coûté cher. Par ailleurs, elle l'avait quitté pour vivre une relation de pur amour, comme elle le lui rappelait. Elle avait pris ses bagages et était partie en Inde, vivre en pleine spiritualité. Elle lui téléphonait souvent pour qu'il lui fasse des virements ou des mandats cash. Sa retraite spirituelle lui coûtait cher.

Il adorait les chevaux ; étant jeune, il était cow-boy. Il aimait ce métier. La quarantaine passée, c'était un homme beau, et beaucoup de femmes se retournaient sur lui. Il se faisait draguer. Il voulait retrouver l'amour, retomber amoureux, et que celle-ci soit aussi amoureuse de lui et qu'elle ne le laisse pas tomber.

Steven le reçut dans le salon.

— J'ai besoin de quelqu'un pour six mois, et si vous convenez, vous serez responsable de l'exploitation.

Steven lui fit visiter le ranch.

— Je vais être direct, j'ai besoin de ce poste, je suis dans une situation délicate.

Steven l'interrompit. Il suivait toujours son instinct. Il savait à cet instant que Greg était fait pour son poste.

— J'ai besoin de quelqu'un maintenant. Vous pouvez même dormir au ranch.

Steven pensait à sa mère et sa sœur. Il ne voulait pas qu'elles se retrouvent seules.

Greg était ravi. Il dormirait au ranch. C'était un vrai Texan ; chapeau de cow-boy et bottes de cuir, il reflétait bien son pays, son État. Il n'avait jamais quitté sa ville ni voyagé en dehors du Texas.

Sa vie était ici, à chevaucher les plaines du Texas ; depuis tout jeune il montait les chevaux, les soignait et les aimait. Son amour pour le monde équin agaçait au plus haut point son ex-femme. C'était une vraie Californienne, blonde aux cheveux longs, au teint hâlé. Elle avait atterri au Texas suite à un téléfilm. Elle était mannequin et figurante à ses heures perdues. Lui travaillait à côté des lieux du tournage. Il montait son cheval lorsqu'elle était tombée amoureuse de lui. Il n'en était pas revenu ; une superbe créature l'aimait passionnément. Ils s'étaient mariés aussitôt. Leur coup de foudre n'avait pas duré longtemps quand la routine s'était installée dans leur couple. Leur vie amoureuse monotone exaspérait sa femme. Elle l'avait quitté. Leur mariage avait duré dix années. Dix années de disputes, de rancœurs. Pour lui, c'était un gâchis sans nom, pour elle, c'était une erreur de jeunesse. Quand elle avait demandé le divorce, elle avait insisté pour qu'il lui verse une pension. À cause de lui, elle avait sacrifié sa carrière de cinéma et de mannequin. Il en doutait, car elle n'avait jamais vraiment brillé en tant que figurante, alors en tant qu'actrice... mais il n'avait pas voulu faire d'histoires. Il voulait vivre ou tout simplement réapprendre à vivre.

Ce nouveau job était parfait pour lui. Et s'il logeait dans le ranch, cela lui ferait faire des économies.

Liz descendit avec appréhension de sa voiture. Tom était à côté d'elle, sur le fauteuil passager. Durant le trajet, il n'avait pas parlé. Cela l'avait vexée, elle ne savait plus comment s'y prendre avec lui.

Steven les accueillit. Il les salua et resta toujours aussi froid et distant avec Liz. Elle s'était mise sur son trente-et-un, espérant reconquérir le cœur de son premier grand amour. Une robe courte indienne, elle avait natté ses beaux cheveux blonds.

Son teint bronzé faisait ressortir ses yeux bleus. C'était une femme magnifique.

Steven s'approcha de Tom avec son beau sourire éclatant.

— Viens avec moi, je vais t'apprendre à monter à cheval
— Ouah, trop cool...

Tom ne demanda pas la permission à Liz, et Steven ne daigna même pas lui demander son avis. Ils la laissèrent en plan. Elle grinça des dents ; Steven arrivait à plaire à Tom et pas elle.

Au lieu d'attendre bêtement, elle décida de faire un tour dans les écuries. Elle aussi était une passionnée de chevaux et une excellente cavalière.

Greg brossait le cheval noir de Steven, Elvis, avec attention et respect. Il se sentait bien au ranch. Jennyfer l'avait très bien accueilli. C'était une très belle femme, douce et attentionnée. Steven avait de la chance. La mère et la sœur de Steven étaient au début un peu méfiantes, mais elles avaient compris qu'il était là pour les aider au ranch.

Il entendit comme un bruit de bottes. Surpris, il détourna son regard de son cheval et la vit : une créature de rêve s'avançait vers lui ! Il était subjugué par cette beauté. Ses yeux la fixaient intensément. Il n'avait jamais ressenti cette étrange émotion, même pas avec son ex-femme. Avec personne d'autre. C'était la première fois. Il la dévisagea, déjà conquis. Au début, il ne la reconnut pas tout de suite, mais après un instant, il sut qui elle était : Liz Walsh, la chanteuse de country. Elle s'approcha.

— Je voudrais monter un cheval, j'ai la permission de Steven, je suis une...

Elle se tut. Steven ne la désirait plus, ne l'aimait plus. Mais elle ne comprenait toujours pas pourquoi il s'entêtait avec cette femme, Jennyfer. Elle vivait avec lui au ranch, elle avait un fils. C'était incompréhensible.

Liz voulait se sentir aimée, désirée. Elle avait besoin d'un homme. Celui qui lui faisait face la troublait. Elle sentit qu'il la désirait. Aucun homme n'avait jamais résisté à son corps.

Greg savait très bien qu'il n'aurait aucune chance avec Liz ; une superbe femme, une chanteuse connue et riche. Elle pouvait avoir tous les hommes qu'elle souhaitait. Lui n'était qu'un cow-boy, il ne faisait pas le poids. Il devait se faire une raison. Mais il était troublé.

Greg l'aida à se mettre en selle. Il était étonné, elle était une excellente cavalière.

Leur désir ardent l'un pour l'autre s'alluma comme une étincelle dans l'air. Son parfum charnel irrésistible rendait Greg de plus en plus désireux. Liz ne se préoccupait pas des sentiments des autres, des gens en général. Elle se fichait de leurs états d'âme. Son intérêt et son désir passaient avant tout le reste. Ils firent l'amour dans le ranch, au fond de l'écurie, à l'abri des regards indiscrets et curieux. Leurs corps s'accordèrent à merveille. Pour lui, c'était plus qu'une histoire de sexe, pas pour Liz. Elle ne voulait pas que Greg s'attache à elle.

Lorsqu'il la prit dans ses bras et lui chuchota à l'oreille qu'il souhaitait la revoir, elle lui répliqua :

— Toi, tu n'as pas l'habitude des histoires sans lendemain...

Il resta scotché.

Jennyfer se préparait avec élégance et soin. Elle voulait faire bonne impression.

— Tu te prépares, où vas-tu ?

— Chez une cliente, je vais peindre directement chez elle...

— Ouah, c'est super...

5

Jennyfer arriva à l'heure. Liz l'attendait avec impatience. Elle trépignait.

Elle lui ouvrit la porte avec un certain agacement.

Jennyfer entra. Liz était magnifique avec sa robe blanche mi-courte et ses bottes de cow-boys. Elle faisait plus jeune que son âge. Âgée de trente ans, elle en faisait vingt-cinq.

Jennyfer prépara avec soin ses pinceaux, ses couleurs, ses tableaux blancs.

— Vous êtes en avance, dit-elle sur un ton de reproche.
— Je suis toujours ponctuelle.

Jennyfer feint de ne pas apercevoir l'agressivité de la jeune femme.

— Si j'ai bien compris, vous voulez que je peigne un tableau pour votre ami...
— Oui, après réflexion vous allez me peindre. Je serais votre modèle, et mon ami sera ravi de me voir.

Jennyfer la trouvait narcissique avec un ego démesuré. Elle ne lui en tenait pas rigueur. Elle voulait peindre, tout simplement. C'était son élément, sa passion.

— Nous allons nous installer dans la pièce du bas...

Jennyfer acquiesça. Elle ne voulait pas contrarier cette jeune femme.

Liz n'arrêta pas de se plaindre ; la pose était trop longue. Jennyfer entendait ses plaintes et jérémiades. Elle ne perdit pas patience. Mais à la longue, elle avait peur que ce soit Liz qui arrête...

— Je pense que c'est bon pour aujourd'hui, je peux revenir quand vous le souhaitez.
— Je peux voir ?
— C'est une ébauche, une esquisse, cela ne va rien donner...

Liz ne l'écouta pas. Elle n'écoutait personne et n'en faisait qu'à sa tête.

Elle fixa longuement le tableau et ne dit rien. Jennyfer était talentueuse, très douée. Elle faisait ressortir les émotions de ses modèles. Elle possédait un don. Elle était née pour être peintre.

Tom descendit les escaliers. Il les vit.

— Salut...
— Tom, viens que je te présente

Il avança d'un pas nonchalant et sans grande conviction.

— Jennyfer est une artiste. Elle peint, je suis son modèle. C'est un cadeau pour ...

Elle se surprit à ne pas continuer sa phrase. Elle essayait de faire attention avec Tom. Ce gamin commençait à lui plaire malgré tout. Même s'il se montrait peu enthousiaste à vivre avec elle, au moins, il ne demandait pas à retourner au foyer. Ce qui était, pour elle, un bon point.

— Bonjour,

— C'est mon fils,

— Enchanté, Tom. Moi c'est Jennyfer, le salua-t-elle en souriant.

Aussitôt Tom lui fit un grand sourire ce qui agaça Liz.

— Revenez demain, j'ai hâte de voir le résultat final.

Jennyfer rangea ses affaires et prit la route en direction de l'hôtel *Rosewood Mansion on Turtle Cree*. Il se dégageait de ce charmant établissement une ambiance toscane. Façades en stuc rose, toit en terre cuite, de belles fontaines, des mosaïques de carreaux entourant la piscine

Steven l'attendait avec impatience dans la grande chambre avec son patio. Dès qu'il l'aperçut, il la dévora des yeux. Il la désirait ardemment.

— Ça a été, ma belle,

— Oui dit-elle sur un ton las

— À ta tête, j'ai l'impression que tu as passé une journée difficile.

— Une cliente un peu compliquée... Mais ce sont les règles du métier.

Il posa sur elle un regard pétillant d'audace et de désir.

Il la prit dans ses bras et commença à l'embrasser avec fougue.

Il parsema des baisers sur son cou, sa poitrine laiteuse. Son amour pour Jennyfer était indéfinissable.

— Je t'aime dit-il sur un ton suave.

— Moi aussi, Steven.

— J'ai quelque chose à t'avouer, mais je ne sais pas comment tu vas le prendre.

Elle le regarda avec indulgence et bienveillance.

— As-tu l'esprit ouvert ?
— Je pense...
— J'ai revu mon ex...

Elle était allongée sur le lit aux draps de soie. Elle reposait sur son coude. Elle le regardait droit dans les yeux. Elle était prête à affronter toutes les tempêtes, les intempéries, avec cet homme tellement elle l'aimait, le désirait, l'admirait. Elle n'avait jamais ressenti ça, même avec Adam, et encore moins avec Eddie.

— Elle m'a annoncé qu'elle était tombée enceinte de moi. Elle l'a fait adopter. Je n'étais même pas au courant. Il a treize ans. Elle a réussi à le retrouver. Elle vit avec lui...
— C'est troublant et déroutant...
— Complètement...
— Tu l'as vu ?
— Oui, c'est vrai que la ressemblance est frappante, mais, je ne sais pas... Je vais faire un test ADN. J'étais

fou d'elle. Elle réapparait dans ma vie. Je ne l'aime plus, tu comprends ?

— Je comprends. J'ai confiance en toi. C'est magnifique que tu aies un fils. Tu t'occupes très bien de Justin, et je ne pourrai pas te donner un enfant à cause de...

Il l'interrompit par un baiser tendre.

— Tu es tout pour moi.

Ils s'enlacèrent.

Le ciel s'assombrit comme l'humeur de Liz. Elle tournait en rond dans sa maison. Sa carrière de chanteuse de côté, son producteur ne comprenait toujours pas son année sabbatique. Elle savait qu'il était amoureux d'elle, mais elle, non. Elle n'allait pas se forcer. Elle attendait Jennyfer. Celle-ci était toujours souriante, aimable, pas un mot de trop, ni trop haut ni trop bas. Son humeur toujours limpide et calme lui mettait les nerfs à vif.

Jennyfer arriva habillée sobrement pour la peindre. Son travail d'artiste et de peintre lui allait comme un gant. Cette femme était douée, Steven était tombé sous son charme. Il l'aimait, aussi Liz devait commencer à s'en accommoder. Elle qui rêvait d'une famille heureuse avec Steven, le destin en avait décidé autrement. Les années avaient passé, elle avait idéalisé leur amour, et, à tort, elle avait cru que Steven l'aimait toujours. Comme s'il allait l'attendre. Son ego en avait pris un coup. Elle avait un fils maintenant. Elle devait s'en occuper. Elle pensait que Tom aurait pu lui permettre de reconquérir son ancien amant, son grand amour. À son grand désarroi, il n'en était rien.

Jennyfer la scrutait. Elle dessinait ses traits avec des détails qui dépassaient la perfection, rien ne pouvait la déconcentrer, même pas la musique mise à fond par

Tom. Rien ne la dérangeait, elle était dans sa bulle. Le résultat final était impeccable et épatant. Même si Liz la trouvait quelconque, elle savait quand un artiste était doué au pas. Elle reconnaissait son talent.

— Vous êtes douée, dit-elle sur un ton détaché.
— Merci, dit-elle timidement.

Elle avait peur de la réaction de Liz. Cette femme pouvait être caractérielle. Mais elle avait posé sans aucune objection.

— Votre ami va être conquis.

Liz grinça des dents. Elle se trouvait ridicule. Elle avait voulu la déstabiliser en la faisant venir chez elle. Elle trouvait finalement sa réaction puérile. Avec le recul, elle se trouvait ridicule. Steven avait le droit de trouver l'amour et d'être heureux, elle devait l'accepter. Elle devait avant tout penser à Tom.

— Je vais être franche avec vous...

Jennyfer avait peur tout d'un coup que Liz change d'avis, et que le tableau finalement ne lui convienne pas.

Elle était sur ses gardes

— L'ami en question est...

Elles se regardèrent avec insistance.

— Steven.

Jennyfer ne comprit pas tout de suite.

— Je suis l'ex et Tom est son...

Jennyfer se sentit mal à l'aise.

— J'étais jalouse et je voulais vous connaître un peu mieux.

— Vous étiez jalouse, certes, et surtout curieuse ; une curiosité malsaine.

Jennyfer prit ses affaires et s'avança vers la porte.

— Vous auriez pu me le dire dès le début...
— Je suis navrée, s'excusa Liz.
— Je ne pense pas que votre cadeau lui plaira. Il aurait été plus judicieux de...

Elle s'interrompit. Elle en avait assez des personnes jalouses et frustrées. Elle avait eu sa dose par le passé.

— Je sais, mais mon ego a dépassé...

Elle s'interrompit un instant.

— Je comprends mieux...

Jennyfer la regarda sans émotion.

— Vous êtes une femme bien, Jennyfer. Je commence à comprendre Steven.
— Peut-être, dit Jennyfer sur ses gardes.

L'intonation de Liz sonnait faux.

— Et le tableau ?
— Vous êtes magnifique, mais trop narcissique.

Sa gorge se serra. Elle aurait voulu l'étrangler, mais dorénavant, elle avait Tom à s'occuper. Elle devait être responsable et moins immature.

— Vous ne mâchez pas vos mots. Vous n'êtes pas diplomate !
— Je l'ai été, mais à mes dépens. J'aime Steven et lui aussi.

Jennyfer ne doutait plus de son amour. Elle se sentait en confiance, sereine, épanouie et comblée.

— Si vous voulez offrir un cadeau à Steven, posez avec Tom ?

Elle la scruta.

— Vous feriez ça ?
— Oui, pour lui et pour son fils.

Elle sortit de la pièce, songeuse et fière d'elle.

Jennyfer regardait la route avec apaisement. Elle allait en direction du ranch. Elle était éprise de Steven et une mère comblée avec Justin. Steven était si aimant avec son fils et elle, elle n'avait jamais pu espérer mieux. Elle savait qu'Adam veillait sur elle.

Greg aidait Steven à brosser les chevaux. Leur entente cordiale et amicale les rapprochait de plus en plus.

— Votre père serait fier de vous !

Steven le dévisagea d'un air étonné.

— Je suis désolé, c'est votre mère, elle me parle souvent de lui, il était très fier de vous.

Steven se retint pour ne pas s'effondrer. La mort brutale de son père l'avait plus bouleversé qu'il ne se l'était avoué. Ils n'avaient pas pu se parler ; trop de non-dits, de rancœur entre eux, pour des broutilles, des futilités.

Quand Jennyfer arriva au ranch, elle rejoignit Steven, Greg eut la délicatesse de s'éclipser pour préserver leur intimité.

Il l'embrassa tendrement.

— Tout va bien ?

— Parfait, ma cliente Liz était ton ancien grand amour.

— Bordel, qu'est-ce que...

Elle le coupa net.

— Tout va bien. C'est une femme triste, qui en a bavé, soit indulgent. C'est la mère de ton fils, il est temps que vous fassiez la paix pour le bien-être de Tom.

— Mon fils, c'est vite dit. J'attends les tests de paternité.

— Vu la ressemblance entre vous deux, je pense qu'il n'y a aucun doute.

Elle l'embrassa.

— Tu es tout pour moi, susurra Steven dans son oreille, tu es la femme de ma vie, épouse-moi.

Jennyfer le regarda et sourit.

— Oui.
— Toi et Justin vous êtes ce qui m'est arrivé de meilleur de ma vie.
— Toi aussi.

Steven restait toujours méfiant envers Liz. Cette femme pouvait nuire à son bonheur. Son caractère versatile était déstabilisant. Souvent sa colère retombait aussi vite qu'elle apparaissait.

Liz haïssait et enviait cette femme. Elle avait tout pour elle. Elle avait surtout Steven. Liz sentait au plus profond d'elle-même que Steven ne la désirait plus. Ses yeux trahissaient plutôt une méfiance et un mépris quand il la regardait. Elle frissonna. Elle l'avait perdu à jamais.

Installés dans leur chambre d'hôtel, un nid douillet qu'il affectionnait particulièrement, Steven la dévorait des yeux. Jennyfer était allongée dans leur nid d'amour, il se souvenait de leurs belles nuits aussi charnelles que sensuelles. Cette chambre d'hôtel était remplie de souvenirs amoureux avec la femme de sa vie. Ils allaient se marier. Pour lui, c'était la première fois. Pour elle, la deuxième. Son amour pour elle était indestructible.

Pourquoi avait-il eu un enfant avec Liz ?
Les tests de paternité s'étaient avérés positifs. Tom était bien son fils. Il était écœuré de l'attitude égoïste et puérile de Liz. Pourquoi avait-elle caché sa grossesse, pourquoi avait-elle fait adopter Tom, son fils, leur propre fils ? Il en était bouleversé. Elle avait préféré privilégier sa carrière fulgurante de chanteuse au détriment de leur fils. Quelle femme pouvait commettre

cet acte si criminel ? Elle voulait se rattraper avec Tom. Mais pas en lui achetant son amour avec des cadeaux à la pelle. Ils devaient l'annoncer à Tom. Ils devaient devenir des parents aimants et responsables. La sœur de Liz connaissait son secret. Pourquoi l'avait-elle encouragée à garder à se taire ? Il devait prendre sur lui pour ne pas sortir de ses gonds à leurs vues ?

La beauté angélique de Liz contrastait avec son caractère aigri, mesquin. Rien n'avait été réalisé comme elle le souhaitait. Steven aurait dû retomber dans ses bras, son fils Tom aurait dû l'adorer. Ils seraient devenus une famille.

Liz aspirait une dernière fois à conquérir Steven. Elle le voulait dans son lit, le sentir contre elle, toucher son corps, sa peau. Elle voulait qu'il l'embrasse comme avant. Une seule nuit d'amour ! Rien qu'une seule avec lui ! C'était devenu une obstination. Il allait retomber dans ses bras durant une nuit.

Tom trouvait Liz étrange. Malgré ses treize ans, il était assez lucide concernant la nature humaine. Il trouvait que c'était une femme plus préoccupée par son aspect extérieur que le bien-être des autres. Elle était égoïste. Tous ces cadeaux entassés dans sa chambre montraient son manque d'intérêt pour les gens qu'elle rencontrait ou pire pour les gens qu'elle était censée aimer comme sa sœur. Elle croyait pouvoir acheter l'amour des gens avec son argent. Il ne la connaissait même pas comme chanteuse, ne l'avait jamais entendue chanter à la radio. Il présélectionnait le hip-hop, le rap, la country n'était pas son truc. Elle s'était vexée quand il lui avait affirmé qu'il ne l'avait jamais entendue lors d'un déjeuner. Le salon était rempli de récompenses, de disques d'or et de posters de Liz. Son narcissisme était déroutant.

Tom ignorait toujours pourquoi elle l'avait adopté, lui, un adolescent de treize ans. Avec tout son argent, elle aurait pu payer des avocats pour soudoyer certains organismes afin de devenir mère d'un bébé.

Steven se décida enfin à téléphoner à Liz concernant le test positif de paternité.

Il n'y alla pas par quatre chemins.

— C'est bien mon fils.
— Parce que tu en doutais encore, lui répondit Liz, agacée, sur un ton sec.

Il aurait voulu lui cracher son venin. Toute sa colère irradiait son corps. Mais il devait faire un semblant d'effort pour Tom, son fils.

— On doit lui annoncer.
— Je ne sais pas si c'est le bon moment.
— Je pense que dans ce genre de situation, il n'y a pas de moment idéal.

Ils décidèrent d'avouer la vérité à Tom.

Jennyfer fut submergée par l'émotion. C'était l'anniversaire de la mort d'Adam. Elle parlait très peu de lui à Steven. Il savait juste que Justin était son fils. Le reste, elle tenait à le garder pour elle. C'était une partie de sa vie, de son intimité. Le seul lien qui l'unissait encore à lui. Elle s'en repentait encore.

Jennyfer se promenait dans les rues de Dallas avec Justin. Elle avait besoin de réfléchir et de faire le point. Elle se posait tant de questions à propos de Steven. Elle l'aimait. Elle n'avait jamais connu un amour aussi intense, même pas avec Adam. Il était plus jeune qu'elle. Il convoitait de l'épouser. Elle avait répondu « oui » sans réfléchir. Dorénavant, il avait un fils avec Liz. Steven devait d'abord penser à Tom. Il avait treize années à rattraper. Il pourrait reconstruire sa vie avec Liz. C'était son premier grand amour, même s'il lui affirmait qu'il n'éprouvait plus rien pour elle. Liz l'aimait toujours, cela sautait aux yeux. Elle avait sûrement dû le courtiser. Si elle ne l'avait pas rencontré, peut-être que Steven et Liz seraient retournés ensemble et auraient construit une famille avec Tom. Elle était fébrile en pensant à cette idée. Ses yeux se remplirent de larmes.

L'apparition de Steven dans sa vie, au moment où elle ne croyait plus en l'amour, avait cristallisé tout ce qu'elle attendait d'un homme ; un homme aimant et qui aimait Justin, son fils, sans condition. Il était intelligent, cultivé, artiste et charismatique.

Elle luttait contre cette amertume latente et se berçait d'illusions à croire encore au grand amour. Leur histoire allait-elle durer ? Pour combien de temps ? Leur relation était-elle trop belle pour s'épanouir. Pourtant l'un et l'autre s'aimaient, cela ne faisait aucun doute. Un mariage n'était-il pas précipité ? Lui si enthousiaste, aimant, et Liz, cette femme qui était prête à tout pour reconquérir le cœur de son premier grand amour. Son manque de confiance en elle ressurgissait instantanément sans crier gare. Elle devait se ressaisir. Ses idées vagabondaient.

Liz se regarda dans le miroir dans sa superbe demeure ou plutôt s'admira. Ce n'était pas une femme complexée par son physique. Elle était belle. Elle ne doutait pas de son pouvoir de séduction et de sa beauté. Elle savait très bien mettre ses atouts en valeur. Son assurance émanait d'un charisme inné. Son côté narcissique revenait souvent malgré elle. Elle s'en mordait les doigts quelquefois. Être mère d'un adolescent était une tâche plus aisée qu'elle ne l'avait imaginée dans ses rêves les plus fous. Elle s'interrogeait sur les raisons qui l'amenaient à vouloir récupérer l'homme qu'elle croyait toujours aimer : par culpabilité, par désespoir.

Elle se fixa intensément dans ce luxueux miroir. Elle réfléchit un instant. Son obstination envers cet homme devenait maladive et malsaine. Depuis quelque temps elle lui envoyait des SMS. Au début, c'était pour donner des nouvelles de Tom, des nouvelles de leur fils, mais depuis peu, elle lui envoyait des photos d'eux deux, quand ils étaient jeunes et amoureux. Ils formaient un superbe couple, aussi beau l'un que l'autre, et bien assortis. Cette femme Jennyfer ne lui arrivait pas à la cheville physiquement. Certes, elle était douée dans son métier, une talentueuse peintre. Néanmoins, c'était une femme quelconque qui n'avait vraiment rien à lui envier.

Steven jouait avec Justin, dans le ranch. Leurs éclats de rire résonnaient à travers cette étendue de paysage à couper le souffle ; les chevaux, les champs, le ciel bleu azur. Sa mère les regardait d'un œil émerveillé, malgré sa tristesse d'avoir perdu son mari. Elle savait qu'elle pouvait compter sur son fils et sa fille, ses deux enfants nés de son union avec son mari aimé.

Ils étaient présents pour elle. Ils le seraient à l'avenir. Cela la réconfortait dans son for intérieur. Jennyfer était une femme qui convenait à son fils. Ils s'aimaient. Cela ne faisait aucun doute. Elle se méfiait de Liz. Elle n'ignorait pas qu'elle était prête à tout. Quand elle n'obtenait pas quelque chose, elle devenait une enfant gâtée qui trépigne d'impatience et de colère jusqu'à ce qu'on lui cède. Elle possédait une entière confiance en son fils. Elle se méfiait de Liz comme de la peste.

Liz voulait préparer une superbe fête pour l'arrivée de Tom dans sa vie. Elle souhaitait inviter son producteur, même s'il lui sortait par les yeux, ses amis, enfin plus des connaissances « des chanteurs de country », sa sœur ; une fête digne d'elle, la star de la country recevant des disques d'or pour sa carrière.

Dès qu'elle aperçut Tom descendant en trombe l'escalier blanc cassé avec sa casquette de baseball à l'envers, elle l'interrompit avec un sourire de fierté.

— Que penses-tu d'une fête pour ton arrivée dans ta nouvelle famille ? Je pourrais te présenter à mes amis du showbiz, s'enthousiasma Liz.
— Euh, c'est une fête pour toi ou moi ?
— Pour nous deux, évidemment, répliqua-t-elle.

Elle le fixa avec curiosité. Pour son âge, il était vif d'esprit. Elle devait lui annoncer aussi qu'elle était sa mère biologique et Steven son père.

Ils devaient le faire le plus tôt possible.
Steven appréhendait cette soirée. Pourtant c'était nécessaire. Il était temps d'annoncer à Tom qu'il était son père biologique. Il s'inquiétait du comportement de Liz. Celle-ci pouvait être facilement imprévisible et centrée sur elle-même. Il souhaitait d'abord la

rencontrer, faire en sorte une mise au point afin d'éviter tout dérapage. Il ne voulait pas imposer à Tom une dispute ou un esclandre. Le bien-être de Tom en dépendait. Il voulait devenir le père de Tom, un bon père. Il était conscient que la tâche serait rude. Il avait déjà perdu treize années. Plus d'une fois, il avait voulu verser sa haine sur Liz, mais il était dans l'obligation de garder son sang-froid pour Tom. Il ne répondait pas à ses SMS incessants. Elle lui envoyait des photos de leur jeunesse, de leur couple quand ils étaient épris l'un et de l'autre. Certes, ils avaient l'air heureux et amoureux. Avec le recul, c'était plus une façade pour Liz. Lui, il avait été fou d'elle. C'était le passé. Il avait tourné la page. Il savait que pour Liz, il n'en était rien. Elle regrettait un passé qui n'existait qu'à ses yeux et vivait dans des souvenirs fantasmés.

Leur histoire d'amour avait été tumultueuse et malsaine. Elle l'avait trompé et lui avait menti. Et elle avait lâchement abandonné leur enfant, sans rien lui dire. Sa haine était toujours intense. Elle l'avait privé d'une partie de sa vie avec son fils. Mais il devait se ressaisir et envisager l'avenir avec plus de calme et de sérénité pour l'équilibre de Tom. Son fils le méritait.

Steven contemplait Jennyfer avec admiration. Nue sous les draps de satin blanc, elle dormait à poings fermés comme une enfant. Il la chérissait et l'aimait. Elle lui avait répondu « oui » à sa demande en mariage. Il aimait cette femme. C'était une évidence. Il la sentait fébrile depuis quelque temps. Doutait-elle de sa réponse ? Avait-elle changé d'avis ? Leur histoire d'amour était-elle trop précipitée pour l'un et l'autre. Pourtant Jennyfer était la femme de sa vie. Il considérait Justin comme son propre fils. En quelque mois, il était devenu père de deux garçons. Il souriait à cette idée, lui qui n'arrêtait pas de s'amuser dans les fêtes branchées de New York.

Leurs corps s'harmonisaient à merveille quand ils faisaient l'amour. Ils étaient deux âmes sœurs, des flammes jumelles.

L'entendre respirer l'apaisait. Pour rien au monde il n'aspirait à une autre vie, tant il était heureux, épanoui et comblé avec Jennyfer.

Il choisit le restaurant *Bubbas' Cooks Country* ; une ancienne chanteuse de country, Mary Beth, l'avait ouvert avec son mari. Il souhaitait que Liz se sente à l'aise, qu'elle soit dans son élément. Il était assis depuis dix minutes, en train de regarder sa montre, celle de son père. Il s'impatientait. Il savait que Liz n'était jamais très à cheval sur les horaires. C'était un de ses points faibles, ce qui pouvait lui jouer des tours lors de certaines de ses tournées. Certains fans la huaient à cause de son entrée tardive sur scène.

Il la vit arriver d'un pas assuré avec Tom. Il était rassuré. Ils étaient tous les deux. Elle, toujours aussi belle, mais il ne ressentait plus rien pour elle. Il tenait à construire une relation avec son fils. Depuis le test de paternité, il était chamboulé. Il ambitionnait de rattraper le temps perdu. Tom s'assit entre eux sur une table ronde. Il appréhendait cette soirée. Il savait que quelque chose clochait. Il n'aimait pas ce genre de situation. Intuitivement, il avait un mauvais pressentiment.

Pour se donner du courage, Steven but une gorgée de John Ross, un bourbon. Tandis que Liz sirotait son perrier d'un calme olympien, Tom but son verre de soda d'une seule traite.

Steven voulait en finir.

— Tom, nous devons t'annoncer quelque chose d'important qui te concerne.

Tom le regarda avec méfiance.

— Nous sommes tes parents.

Steven se tut et se racla la gorge. Il devait aller jusqu'au bout.

— Je suis ton père biologique et Liz ta mère...

Il avala sa salive de travers et se mit à tousser.
Liz s'immobilisa et se crispa. Elle était mal à l'aise.
Tom, perplexe, les regardait. Il ne comprit pas tout de suite ce que cela signifiait.

— Donc, vous m'avez abandonné, dit-il sur un ton neutre.

Steven se retint pour ne pas lui dire toute la vérité à propos de son abandon. Il refusait de mettre de l'huile sur le feu et de se disputer avec Liz devant lui. Ce n'était ni le moment ni le lieu. Tom ne méritait pas cela. Il en avait assez bavé.

— Nous étions jeunes. C'est une histoire compliquée.

— J'ai vécu pendant treize ans dans un orphelinat. Mes parents m'ont abandonné. J'ai vécu et vu des choses pas cool. Je pense que je comprends plus de trucs de la vie que d'autres.

Liz ne répondit pas.

— Tu n'as pas tort, mais autant être honnête avec toi, nous ne sommes pas prêts pour le moment pour te raconter cette partie de notre passé peu reluisante.

Steven fusillait du regard Liz qui attendait patiemment que la soirée se passe. Elle se termina dans une ambiance pesante et chargée en émotions pour tous les trois. Tom n'arrêtait pas de scruter et dévisager Liz. C'était sa mère biologique. Il ne se trouvait aucun point de ressemblance physique ou de caractère avec cette femme. Pourquoi attendre treize ans pour le récupérer ?

Cette femme était imprévisible, dénouée de responsabilités ou d'empathie ? Pourtant, c'était sa mère. Celle qui lui avait donné la vie, puis l'avait abandonné lâchement pour sa carrière de chanteuse. Cela lui donnait un goût amer sur l'espèce humaine. Il était désemparé.

Jennyfer hésitait. Pourtant, elle l'aimait. Dès l'instant où elle l'avait vu, sa vie avait changé. Elle avait répondu « oui » à sa demande en mariage avec sincérité. Il s'occupait de Justin comme si c'était son propre fils. Elle lui faisait une totale confiance, pas de non-dits entre eux ni de jalousie.

Pourtant, elle se comparait sans cesse à Liz, si belle, sexy, sûre d'elle et charismatique. Elle ne lui arrivait pas à la cheville. Steven avait un fils dorénavant. Sa place n'était plus ici. Elle devait partir.

Liz téléphona à Steven pour prétexter un problème avec Tom alors qu'il n'en était rien.

Il en avait assez de ses SMS, lui envoyant des photos d'eux, cela devenait ridicule, mais ce qu'il ne savait pas, c'est que Jennyfer aussi recevait ces messages. De belles photos où ils étaient amoureux, s'embrassant avec passion. Liz s'excusait à chaque fois « désolée, je me suis trompée de destinataire ». Jennyfer n'était pas dupe. Malgré tout l'amour qu'elle portait à Steven, elle ne se sentait pas de taille à rivaliser avec Liz.

Liz donna rendez-vous à Steven dans un hôtel au bord d'une autoroute. Cela l'étonnait, mais avec Liz, on pouvait s'attendre à tout. Steven la vit entrer seule.

— Tom n'est pas avec toi.
— Non.

Il n'aimait pas ce genre de situation.

Tom regardait à travers la fenêtre de sa chambre. Une belle chambre remplie de jeux dernier cri, il en avait tant rêvé. Il était dans une superbe villa, mais cela n'avait aucun sens. Il avait compris que Liz se servait de lui pour récupérer Steven. Il n'était qu'une chose pour Liz, sa soi-disant mère. Il avait préparé son sac à dos, et dès qu'il vit Liz partir dans sa luxueuse Porsche, il referma derrière lui la porte d'entrée blanche. Il voulait quitter cette femme, sa mère. Il était plus heureux à l'orphelinat.

Jennyfer prépara son sac et celui de Justin. Elle s'en voulait de partir comme une voleuse, mais c'était mieux ainsi. Elle reçut plusieurs SMS de Liz qui insistait pour qu'elle vienne dans un motel. Le dernier SMS était inquiétant. Il s'agissait de Tom et de Steven. C'était une urgence.

Elle installa Justin et se mit en route. Heureusement qu'elle avait eu l'idée de louer une voiture durant ce séjour qui avait duré plus que prévu.

Liz et Steven étaient autour d'une table, au rez-de-chaussée de l'hôtel.

— Qu'est-ce que tu manigances ? s'agaça Steven.
— Toujours aussi méfiant ! Moi qui suis la mère de ton fils !
— Que tu as lâchement abandonné pour ta carrière, et n'oublie pas que tu m'as caché ta grossesse, dit-il en serrant les poings.

Elle savait que la partie serait rude pour reconquérir Steven, mais pas à ce point-là.

Tom marchait d'un pas décidé, il voulait quitter cette ville. Il faisait de l'auto-stop.

Jennyfer roulait, quand, au loin, elle vit une jeune silhouette faire de l'auto-stop. Elle avait toujours trouvé cela dangereux, elle commença à ralentir quand elle reconnut Tom.

— Monte.

Tom ne se fit pas prier. Il marchait depuis deux heures. Il commençait à être fatigué.
Elle ne lui posa pas de question. Elle vit à sa tête que cela n'allait pas.
Elle arriva sur le parking du lieu de rendez-vous.

— Reste dans la voiture, ta mère veut me voir, cela a l'air urgent !
— Dans un hôtel ?

Elle ne répondit pas, et claqua la portière.

— Je t'aime et t'ai toujours aimé, dit Liz en regardant Steven avec passion.

— Arrête tes bobards.

Liz regarda l'heure et le parking. Elle la vit sortir de la voiture, c'était l'occasion ou jamais.

Elle mit ses lèvres sur celles de Steven au moment où Jennyfer entra dans la pièce.

Steven repoussa brusquement Liz et vit les yeux désemparés de Jennyfer. Elle demeura un instant, hébétée.

— C'est peut-être mieux comme ça, lâcha Jennyfer.

— Attends, Jennyfer, cria Steven, ivre de rage et de désarroi.

Elle sortit en trombe et courut à sa voiture. Steven la rattrapa. D'un coup d'œil dans l'habitacle, elle constata que Tom avait disparu.

— Jennyfer...

— Tom, le coupa-t-elle, le visage blême. Tom, répéta-t-elle en tremblant.

— Quoi Tom ?

— Il faisait du stop. Il a fugué de chez lui, et je l'ai pris. Il est monté dans la voiture, je lui ai dit d'attendre et...

Steven n'arrivait plus à maîtriser sa colère. Il retourna au motel.

— Tu savais que Tom avait fugué, aboya-t-il en s'avançant vers Liz.

Elle le regarda sans comprendre.

— Tu es tellement égoïste et centrée sur toi-même que tu n'as même pas vu la détresse de ton fils.

— Je vis avec Tom tous les jours. Toi, tu ne le vois qu'une fois par semaine. Tu n'as pas de leçons à me donner.

Ils sortirent tous les deux et virent Jennyfer au téléphone.

— Un garçon de treize ans, brun avec une casquette...

Elle avait pris l'initiative de téléphoner au shérif.

— Oui, je vous passe son père.

Liz la fusilla du regard.

— Pour qui vous prenez-vous ? hurla-t-elle. C'était à moi de téléphoner à la police pour les prévenir de la fugue de mon fils et celui de Steven. Vous n'êtes personne. Vous n'êtes rien.

Jennyfer resta calme et ne répondit pas. Il était préférable pour elle de partir. Steven était toujours au téléphone.

Elle ouvrit la portière de sa voiture, s'installa et démarra.

— Qu'as-tu encore fait ? lui demanda Steven, après avoir raccroché.
— Elle est partie d'elle-même. Elle a dû comprendre que l'on s'aimait et que personne ne pouvait nous empêcher de nous aimer.

Steven la regarda froidement.

— Je vais être clair. Ce sera la dernière fois. Je ne t'aime pas et, vu ta réaction, tu te préoccupes plus de ta personne que de ton fils qui vient de fuguer. Je viens de téléphoner à mon avocat pour obtenir la garde exclusive de Tom. J'ai toutes les chances de l'obtenir.

Liz se mit à trembler de tout son corps.

— Tu ne ferais jamais ça, pas toi, s'alarma-t-elle en vacillant sur ses jambes.
— Pour l'intérêt de Tom, si.

Elle sentit qu'il la repoussait, c'était comme si elle recevait une gifle.
Steven rentra au ranch, la laissant en plan.
La police retrouva rapidement Tom grâce à l'appel vif de Jennyfer et aux avis de recherche, elle n'avait pas perdu de temps. Tom arriva tout penaud au ranch. Steven l'accueillit avec un visage bienveillant.

— Désolé, je ne voulais pas faire de boucan.
— C'est fini, Tom, et tu n'as pas à t'excuser.

Cette nuit-là, Tom dormit comme un bébé dans la chambre que la mère de Steven lui avait préparée.

Quinze jours passèrent. Tom se sentait bien au ranch, plus à l'aise, il était d'accord que Steven fasse une demande de garde exclusive. Steven savait que Liz ne lâcherait pas l'affaire. Mais il était persuadé qu'il aurait toutes ses chances d'avoir Tom à la maison.

Il avait téléphoné à Jennyfer, mais elle ne lui avait pas répondu. Liz lui avait avoué qu'elle lui envoyait de tonnes de SMS avec des photos d'eux amoureux.

Steven la comprenait, tout cela était déstabilisant. En plus, elle les avait surpris en train de s'embrasser.

6

Deux mois passèrent, Jennyfer exposait à New York. Elle refusa toutes les invitations de cocktails et de fêtes, elle appréhendait de croiser Steven. En revanche, elle accepta l'invitation de Paul et de Lucas dans leur loft à prendre l'apéritif.

— Toujours aussi charmante, et Justin de plus en plus beau. Il grandit à une allure affolante.

— Merci à toi Paul, il grandit vite et il...

Elle se retint. Il ressemblait de plus en plus à Adam, les mêmes yeux, le même regard.

Paul et Lucas se regardèrent, gênés. Ils n'osaient pas aborder le prénom de Steven devant Jennyfer. Il les avait souvent appelés pour avoir de ses nouvelles.

— Tu sais, nous avons des nouvelles de Steven, si cela t'intéresse…

Elle sirota son verre de martini et ne sut pas quoi répondre, tellement cette histoire lui faisait mal. Paul n'attendit pas sa réponse et se lança.

— Il est à New York dans son appartement. Il est en train de déménager pour vivre définitivement au ranch. Il a obtenu la garde totale de Tom. Il est toujours éperdument amoureux de toi.

Jennyfer se crispa. Elle mourait d'envie de le revoir, de l'embrasser et de lui crier son amour. Mais Liz était présente dans la vie de Steven. Elle serait toujours entre eux.

— Liz a repris sa tournée. Elle est sur les routes. Elle a compris que Steven ne l'aimait plus. Steven t'aime Jennyfer. N'en doute pas un seul instant.

Jennyfer se surprit elle-même à demander :

— Vous pouvez garder Justin ?

Paul et Lucas n'eurent même pas le temps de répondre qu'elle détala.

Elle dévala les escaliers et courut en direction de l'appartement de Steven.

Malgré son essoufflement, elle était ivre de joie, d'allégresse et d'amour.

Elle sonna.

— Vous êtes ?
— Jennyfer.

Il la fit entrer avec empressement. Quand ils se virent, ils ne parlèrent pas ni s'embrassèrent, tellement ils étaient intimidés.

— Tu déménages ?
— Je vais vivre au ranch, j'ai eu la garde de Tom et…
— Je sais, Paul me l'a dit.
— Jennyfer, tu sais à l'hôtel, c'est Liz qui m'a embrassé. Je ne cherche pas d'excuse, mais je veux juste te dire les choses telles qu'elles sont. Liz m'a avoué pour les photos qu'elle t'envoyait. Je suis sincèrement désolé, mais tu aurais pu me le dire.

Elle l'écoutait et l'observait. Il était toujours aussi beau. Son amour pour lui n'avait pas bougé. Elle ne savait pas quoi lui répondre et, dans un élan, elle s'approcha. Il comprit, ils s'embrassèrent passionnément.

— Je t'aime Steven.
— Moi aussi.

Il l'abandonna un instant et revint avec une petite boîte.

— C'est celle de ma mère. Elle me l'avait donnée dès que je t'avais demandée en mariage. Ce n'est ni un diamant ni une émeraude, mais un bijou simple en or blanc.

Elle les regarda, lui et le bijou.

— Tu ne l'as pas redonnée à ta mère ?

— J'étais sûr que l'on allait se revoir. On s'aime trop l'un et l'autre et on est fait pour être ensemble. Alors toujours d'accord pour m'épouser et vivre au ranch ?

— Plus que tout…

FIN

L'histoire de Jennyfer et d'Adam : leur rencontre :

Un amour impossible.

Adam, un beau gosse, trentenaire et éternel célibataire ne parvint pas à rencontrer la femme idéale.

Le grand amour se fait attendre. Un soir d'été, il rencontre Jennyfer, une femme sensuelle et douce. Leur coup de foudre est réciproque. Ils sont fous amoureux de l'un et de l'autre. Ils se marient pour le meilleur et le pire. Adam ne doute pas de l'amour de sa femme. C'est un homme comblé et sa femme également. Ils forment un couple radieux.

Pas un seul instant, Adam n'imagine que sa vie de couple n'est qu'une illusion.

Adam s'était-il trompé en se mariant avec Jennyfer ?

S'était-elle leurrée sur la sincérité et l'amour de son mari. Réussiront-ils à raviver la flamme amoureuse des premiers jours ?

Lecture gratuite en vous inscrivant sur le lien ci dessous
https://eva-ly.fr/cadeau-lecture-comme-avant/

L'histoire de l'envol d'une femme : Le premier épisode

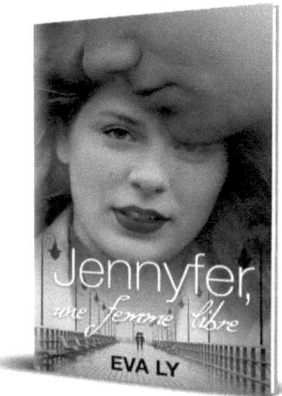

Amour éternel.

Adam et Jennyfer sont un couple heureux, amoureux et complice jusqu'au jour où ils se rendent compte qu'ils ne pourront jamais avoir d'enfant, Jennyfer étant stérile. De ce fait le couple va se déchirer. Adam ne saisit pas l'obstination de sa femme à devenir mère. Jennyfer ne comprend pas son indifférence et sa froideur lui si prévenant et éperdument amoureux envers elle. Leur complicité et passion amoureuse s'étiolent. Ils ne retrouvent plus leur complicité amoureuse du début, comme avant.
Adam quitte Jennyfer. Il demande le divorce.
Ils se berçaient d'illusions tous les deux sur leur mariage. Jennyfer arrivera-t-elle à surmonter son divorce et retrouvera-t-elle à rencontrer le grand amour ?
Disponible en broché sur toutes les librairies
https://livre.fnac.com/a14032328/Eva-Ly-Jennyfer

ISBN 9782322268283
Dépôt légal : mai 2021

Texte : © Eva Ly, 2021
Couverture : conception /2LI

Édition : BoD – Books on Demand,
12/14 rond-point des Champs-Élysées, 75008 Paris
Impression : BoD - Books on Demand, Norderstedt, Allemagne